U0049055

星期五的沒事教室

HARBOR ME

Jacqueline Woodson
賈桂琳・伍德生——著
黃筱茵——譯

目次

獻給守護許多事物的莉娜和阿拉娜

也獻給守護我的家人

現在我們要離開了，讓這一刻成為完美的回憶……成為我們的歌，在你每次聽到的時候，想起我。

——貝蒂·史密斯《布魯克林有棵樹》

1

我們覺得是他們帶走了我爹地。

一切都結束了，又或許還沒。也許當我在午後日光將盡的時刻坐在床上，一切又會再度開始。拉雯老師可能正在瀏覽新班級的名單，她的手指順著一整排名字往下移。選她好了，拉雯老師心想。還有他和她。可是情況不會一樣，再也不是我們六個人一起了。

我們覺得是他們帶走了我爹地。

叔叔是個音樂家，也是說故事的人，他說講故事最難的部分就是找到開頭。我從櫃子裡拿出錄音筆，放在床鋪的正中央。我一按下播放鍵，埃斯特班的聲音便填滿了我的房間。聲音聽起來有些遙遠又模糊，不過埃斯特班又來到了這裡，我們所有人圍坐成一個小圈圈，待在我們稱為「沒事教室」的地方。

沒人知道他在哪裡。

外頭有隻冠藍鴉停在樹梢的邊緣。那是一棵臭椿，又稱為天堂樹。拉雯老師教過我們，說它跟《布魯克林有棵樹》[1]裡的女孩從消防梯看見的那棵樹一模一樣。這種樹的特別之處，在於它無論身在哪裡都能生長，而且會不斷長大。那是一種比喻：就算故事裡所有人的生命都變得困頓——爸爸死了，媽媽得不停刷地板賺錢，孩子們好幾天都沒有東西吃，而且公寓冷得讓人凍僵——樹依舊會繼續生長。那個故事的主角叫法蘭西，她就像是那棵樹。拉雯老師也這麼形容我們每一個人——埃斯特班、提亞哥、荷莉、阿莫瑞、艾胥頓，還有我——我們就像那棵樹一樣。

叔叔明天就要搬出去了，他其實是我一直以來唯一的家長。他說「這是一個開始」，他說「現在妳有兩個家可去了」，他說「海莉，妳現在十二歲了，妳準備好了」。

可是我還沒有準備好。

今天下午，我想念所有的一切。

我很想念叔叔，雖然他現在人就在樓上打包行李。我想念沒事教室，我想念荷莉和阿莫瑞針鋒相對，想念艾胥頓撥開前額頭髮的樣子。今天下午，我想念提亞哥關於大海的夢、埃斯特班的詩，還有那些我們最後終於信任彼此，願意講出來的故事。我想念我們共同故事的開始，還有其間經歷的深刻篇章。

我們曾經有六個人，圍繞著彼此、互相傾聽，最重要的是，我們被聽見了。

爸爸正在樓下彈琴，輕柔、憂傷的音符從客廳往上飄。那架鋼琴很老了，

1 貝蒂．史密斯於一九四三年出版的作品。這本小說具有強烈的自傳色彩，故事描述出生貧困家庭的少女——法蘭西和她的家人，如何堅強、樂觀的面對生活中的各種磨難。《布魯克林有顆樹》在美國出版後便成為暢銷書，是英語世界長期受歡迎的青少年小說經典。

它在爸爸搬回家的那一天，在幾個街口外被發現。爸爸、叔叔，和另外三個男人把鋼琴抬上來，還得拆掉門才有辦法把琴搬進來。它是一架直立式鋼琴，木頭上有刮痕、琴鍵泛黃，爸爸花了一整天的時間調音。此刻音符在房子裡流動，低沉時有如眼淚向下滴落，高昂時宛如祈禱。我能聽見叔叔在樓上移動的聲音，他從衣櫃走向床鋪，然後又走了回去。我知道他正在將襯衫和毛衣整整齊齊的摺進行李箱裡。他的東西大部分都已經搬到樓下，箱子沿著前門排放在走廊上。他最愛的椅子上披著一塊毯子，幾把吉他堆在一旁的盒子裡。明天他就要搬到曼哈頓，開始他的新生活了。「我會成為真正的單身漢。」他說。但一看到我臉上無法掩藏的表情，他又補充：「我每個星期天都會回來，和世界上我最喜歡的人一起度過。」

我不記得任何一個沒有叔叔的日子。

再過兩個星期，我就要升七年級了。我最好的朋友荷莉也會在，可是艾胥頓、阿莫瑞、提亞哥和埃斯特班曾經待過的地方，會變得空蕩蕩的。

我們覺得是他們帶走了我爹地。

我一遍又一遍的播放埃斯特班故事的開頭，爸爸的琴聲飄到了我房間，叔叔在樓上打包，冠藍鴉在天堂樹上休息，世界繼續轉動。

2

九月的第一個星期都在下雨。河水順著人行道流下，靠近我們學校附近的轉角，車輛一臺臺堆疊在雨水形成的巨型游泳池中央。外頭還很溫暖，教室裡卻感覺很潮溼，甚至有點冷。有些同學在玩指尖陀螺，有個男生，我忘了他叫什麼名字，他趴在桌上。我記得他深色的捲髮，還有捲髮垂落在他手臂上的模樣。因為某種原因，捲髮纏著他手臂、垂到有刮痕的桌上那畫面，讓我感到悲傷不已。那時候我們有八個人。我們聚在這個小班級，因為學校想嘗試新做法，看看把八個小孩和一個老師放在一起，能不能激發出什麼驚喜？八個特別的小孩。

雖然他們沒說什麼，但我們都曉得自己有點不一樣。我們以前都待過大教室，在學習上其他小孩都遙遙領先，我們卻像在參加一場節節敗退的比賽。我們假裝不在意自己的課業，但我們其實很在意，這件事學校也曉得。學校知道我們被人嘲笑，在寬廣的中庭裡被人戲弄，還會在某些日子假裝肚子疼或喉嚨痛，好待在家裡不去上學。才九月而已，所以沒人知道這項實驗會不會成功。可是我們的拉雯老師個子高䠷、講話輕聲細語又有耐心，我們立刻就愛上她了。學校有大窗戶和色彩明亮的圍牆，叔叔說它是這座城市最棒的學校之一。我從一年級就和荷莉一起上這所學校，所以沒有其他學校可以拿來做比較。可是如果好老師和窗戶很多的教室能讓某個東西稱得上是「最棒」的話，我猜這句話一點也不假。

下雨那星期的尾聲，捲髮男孩離開了。另一個女孩的媽媽，來學校爭論她的女兒比「那些小孩」聰明，拉雯老師悄聲的帶她和她女兒到其他教室，那個女孩看起來像是想要沉進地板裡消失不見。我們後來就沒再見過她了，可是有時候我會想，如果她有機會成為沒事教室的一分子，如果她有機會聽見我們聽到的故事，看見我們看到的東西，會有什麼不同呢？她和捲髮男孩離開後，班上就只剩下拉雯老師和我們六個人了。

那個星期五上課一小時後，埃斯特班低頭走進教室，他的頭髮溼淋淋的貼在額頭上，他的洋基隊棒球帽還滴著雨水。他逕自走到座位上，沒有看我們任何人一眼。看著他憂傷重重的陷進座位裡，感覺整間教室都顫抖了。他的外套對他來說實在太大了，肩線垂到上臂，袖子蓋住了手。我還不認識埃斯特班，事實上，除了荷莉我誰也不認識。可是我很想走到他身邊，用力擁抱他。我不在乎他溼得像隻落水狗，沒有人該看起來那麼傷心。

「你有請假單嗎，埃斯特班？」拉雯老師問。她站在教室前面，手臂伸向電子白板。我不記得那時候白板上面顯示了什麼，也許是地球吧。我們這個小班的學生來自五和六年級——這也是學校的實驗。

「你沒事吧？」拉雯老師深棕色的臉龐上寫滿了憂慮。

埃斯特班搖搖頭，「我沒有請假單，」他說話的聲音都嘶啞了，「我們覺得是他們帶走了我爹地，沒人知道他在哪。」他趴在桌上，把頭轉向窗戶。

拉雯老師走到埃斯特班的桌子旁，將身體靠向他，把手放在他的背上。他們用很輕的聲音交談，講了差不多五分鐘吧，也說不定是一小時，我記不得了，那是好久以前發生的事。一分鐘、一小時、一年，許多事情都有可能改變。

3

那天早上，拉雯老師跟埃斯特班談他爸爸的事時，我想起了自己的爸爸。我想起手銬，想起爸爸們被帶走，想起叔叔來搭救，還有媽媽們消失不見。

我的記憶現在大多都是陰影——爸爸蒼白的雙手垂在銀色手銬外，警察把他的頭壓進警車裡。叔叔來找我，將我抱到他的臂彎裡，那時候我才三歲。

叔叔剛開始來跟我一起住的時候我很害怕，這種模糊的恐懼環繞在我周圍。只要我在課堂上一變安靜，拉雯老師就知道原因。那天早上我看著埃斯特班時，可以感覺到出現在角落的恐懼。它找到我了，它找上了我們兩個。

我看著埃斯特班，想給他同樣的信號——我的小指指向他，而大拇指指著我自己。我想說：埃斯特班，我懂，我也曾經用同樣的方式看著窗外。

拉雯老師轉過頭，叫我們自己安靜閱讀。我們從書包裡拿出書來，翻開書頁，可是我不曉得有沒有人能讀進一個字。整個世界感覺突然裂了個大縫，想要吞噬我們。我聽見埃斯特班對拉雯老師說：「我好怕，我真的好怕好怕。」

中午鈴聲響起時，埃斯特班沒有離開，我想在走出去時碰碰他的肩膀，跟他說：你的感覺不會永遠跟第一天一樣，事情不會永遠感覺這麼糟。可是我沒有。我讓這些話卡在喉嚨，直到荷莉抓住我的手，拉著我跟她一起往走廊走。

我聽見在我們身後的阿莫瑞說：「埃，怎麼了？告訴我嘛，兄弟。」

4

如果說有什麼事情讓我感覺記憶猶新，彷彿在一個小時前才剛發生，那就只有那天下午的事了。拉雯老師告訴我們：「放下你們的鉛筆，跟我來。」那天是九月的尾聲，我們正在進行拼字小考。埃斯特班缺席了很多天，等他終於回來時，拉雯老師問他能不能做一些事，他點頭同意。

「這可以幫我暫時忘記一下。」他說。

「忘記什麼？」阿莫瑞問。

「忘記沒人知道爹地被帶去哪裡，忘記我們已經打包好所有的東西，」埃斯特班說：「如果他們帶走爹地，可能也會帶走我們。」

我將注意力轉回小考上，不想去想父親們的事。我爸爸那時候已經在監獄關了八年，在我們收到的最後一封信上，他說不確定假釋會不會順利，就算得到假釋，他也不曉得自己究竟什麼時候能回家。我沒有半點跟他一起生活的記憶，每件發生過的好事我都是和叔叔一起經歷的。我沒辦法想像不一樣的生活，也不想去想像。這不是為了我自己，也不是為任何人。

我在假期（holiday）這個詞的拼寫上卡住了，「l」是一個還是兩個？我的拼寫能力向來很爛，可是在拉雯老師班上，這件事沒有那麼重要，因為我們在每件事或其他領域上的能力都不同。「你弄錯的單字只是讓我知道你還有什麼東西不會，」拉雯老師總是這麼說：「這不代表你是誰。」因為某種原因，那讓我好過多了。我十一歲了，哪個十一歲的人還不會拼「假期」這個單字？

「放下你們的鉛筆，跟我來。」

我們六個站了起來，身上的學校制服是白襯衫加上深藍色的長褲或裙子。我們可以搭配任何自己想穿的夾克、鞋子或褲襪。那天我穿了藍白條紋的褲襪，荷莉的褲襪上則是有紅色的星星。那天早上，我們一起站在校園的時候，褲襪上的星星和條紋就呼應著頭頂上飄揚的美國國旗。在上課鐘響的前一分鐘，我們繞著國旗跳舞，荷莉唱著那首老歌，歌詞和一把槌子有關：我會槌掉危險，我會槌掉警告……

我們站在課桌旁，等著拉雯老師告訴我們下一步該做什麼。阿莫瑞將帽T拉到頭上，然後很快的又拉下來，他緊張時總會做這個動作。阿莫瑞長得很好看，他的皮膚十分黝黑，讓人幾乎可以從膚色看出他的血統。他還有對深色的雙眼，瞳孔裡彷彿有一片迷霧，看起來深邃、嚴肅又……無邊無際。在那個同時有五、六年級學生的班上，我不曉得該怎麼說，我只想看著他，一直看著他。

「拍張照嘛，照片撐得比較久。」阿莫瑞用不耐煩的語氣對我說，讓我差點哭出來。艾胥頓露出傻笑，撥開額前的頭髮，然後用手撐著額頭。

「她才不想要你的照片，」荷莉說：「一個星期要看你五天已經夠慘了。」

她離開座位，準備走向班上的圖書櫃。

「荷莉，回座位，」拉雯老師說：「帶著你們的書，今天不會再回這間教室了。」

我們拿著自己的東西，跟著拉雯老師在走廊上前進。

拉雯老師拿出她的手機說：「大家笑一個。」照片裡，荷莉和我緊緊牽著手，我們的褲襪看起來比什麼都顯眼。阿莫瑞的連衣帽往上拉起一半，提亞哥、埃斯特班和艾胥頓都沒有看鏡頭。現在這張照片貼在我的冰箱上，照片裡的我們看起來都好嫩，臉頰還帶著嬰兒肥，制服的襯衫沒有塞進長褲或裙子裡，提亞哥的球鞋鞋帶還鬆開了。

我們跟在拉雯老師身後，順著走廊往下走，她的高跟鞋輕輕的敲擊地面。我想說不定有一天我會長大到可以穿上帶著小小鞋跟的黑鞋，在走廊上行走時，鞋跟也會像這樣發出聲響，而且還有學生跟在我後頭，他們都有點愛我。

有兩個小孩在走廊上奔跑，但他們一看到拉雯老師就停下來慢慢走，讓我差點笑出聲來。

埃斯特班把背包背在肩上，並用雙手拉住它。

「兄弟，你還好嗎？」阿莫瑞把手放在埃斯特班的手臂上。

「不好，」埃斯特班說：「不太好。」

阿莫瑞的手移到埃斯特班的肩上，就這樣一直放在那裡。

5

抵達５０１教室時，拉雯老師幫我們打開教室門。沒人知道要做什麼，所以我們只是走進教室站著不動。教室裡很明亮，聞起來像是剛剛才清理過一樣，和叔叔用來清理家中地板的香皂有相同的味道。我和荷莉還在讀三年級的時候，這裡曾經是美術教室，但是後來有人給學校足夠的經費，在地下室開了一整間藝術工坊，所以這裡變成了普通教室。我們偶爾經過時還會對彼此說：

「你記得那裡以前是美術教室嗎？」

「歡迎來到５０１教室。」拉雯老師說。

荷莉跑在最前面，我們其他人跟在後頭四處張望。

舊美術教室裡只有幾張排成圓圈的可掀式桌椅，和一張沒有椅子的教師辦公桌，牆上掛了一個大時鐘，還有一些以前學生畫的閃亮太陽圖畫用圖釘釘在櫃子上。

埃斯特班問：「我們要轉到新班級了嗎？」他把背包放在兩腳之間，雙手環抱著自己的手臂。

阿莫瑞已經把手臂從埃斯特班的肩膀上移開，但還是站在他的身邊。埃斯特班一發抖，阿莫瑞就把手臂放回原來的位置。我聽見他小聲的說：「別擔心，兄弟。沒事、沒事，拉雯老師不會帶我們去我們不想去的地方。」

拉雯老師坐在教師辦公桌的桌緣，環抱著手臂。「從現在開始一直到學期結束，每個星期五，你們六個人都要在下午兩點離開教室到５０１教室來。你們要坐在這個圓圈裡談話，等三點的下課鈴響才可以回家。」

「我們為什麼不在一般的教室裡講呢？」荷莉一邊問一邊跳到教師辦公桌上，「我是說，在妳的教室裡。」

我們平常使用的教室並不一般，這點我們都懂，但那是我們熟悉的地方。

「從桌子上下來，拜託，荷莉。」拉雯老師等荷莉從桌上跳下來，才繼續說：「我不會聽你們對彼此說的話，這是屬於你們的時間、你們的世界、你們的空間。」

「聽起來像是妳想要早點下課，」荷莉說：「給自己一個屬於妳的半天假。」

拉雯老師笑了。「荷莉，將來有一天，妳的頭腦會對妳很有幫助。」

荷莉的表情看起來不確定老師到底是不是在稱讚她。

「我想做的事，是給你們一個空間，可以聊大人不在旁邊時會聊的話。你們不是都希望有一個屬於自己的世界，裡頭沒有看起來像我這樣的人嗎？」

「沒有啊。」阿莫瑞說。

「是啊，」艾胥頓說：「也不完全是啦。」

「我們喜歡跟妳在一起，」我接著說：「在另外那間教室裡。」

「你們喜歡已經知道的東西，」拉雯老師說：「你們喜歡熟悉的事物。」

我們沒有人講話。她說得沒錯，但喜歡熟悉的事物有什麼不對？

「那沒有什麼不對。」拉雯老師說。她果然是老師，會讀心術。「可是你們不應該害怕不熟悉的事物，也不應該一直逃避。」

「可是我連我們該說什麼都不知道，」提亞哥說：「聊學校功課之類的嗎？要跟啥講啊？」

「學校功課、玩具、電視節目、我、你們自己——你們可以聊所有想談的東西呀。對彼此說。還有，提亞哥，是『要跟誰講』才對。」

「要跟誰講……」提亞哥像在練習一樣反覆念著「要跟誰講」。

我猜其他小孩這時候八成已經開始跳起快樂舞，變得超級瘋狂，因為周圍不會有任何大人在。可是我們不是其他小孩。

我聽見阿莫瑞小聲的說「那樣超蠢的」，他的聲音小到我懷疑自己是不是幻聽了。然後他說：「我們可以在課堂上講話呀，如果我們想講的話。妳現在是想把『美術』教室改成『沒事』教室——一個沒事瞎扯的教室。」

「說得好，」艾胥頓和阿莫瑞碰了碰拳頭，「我喜歡。」

拉雯老師拍了一下手，指著阿莫瑞說：「你很天才。」

「我也想得到啊。」荷莉翻了個白眼，「我也可以改個字，編出一個諧音的句子。」她大聲的強調諧音，確認拉雯老師有聽見。

「荷莉，諧音這個詞用得很好。」拉雯老師說：「好啦，因為美術教室現在變成了沒事教室，所以你們不會因為在這裡講話而惹上麻煩，不過拿出手機就會喔，不尊重別人也一樣會惹上麻煩……」

「妳又不在這裡，怎麼會知道？」阿莫瑞問她。

「我會知道的。」

我們都曉得她說的是真的。老師就是知道一些事，他們就是這樣的存在。

「這個嘛，假如我沒有任何事想跟其他人說咧？」阿莫瑞問。

拉雯老師又笑了。「阿莫瑞，你們是從什麼時候開始沒有任何話想說的？」她搖搖頭，然後揮動手臂表示我們所有人。「我真不敢相信你們全都這麼抗拒。我給你們一個小時聊天耶！你們平常每天都因為聊天而惹上麻煩，我得說多少次『不要聊天』才行？但現在我說的是『來聊天』吧！」

阿莫瑞試圖掩飾他的微笑，可是顯然沒什麼效果。「好吧……我懂了。舊美術教室現在變成了新沒事教室，各位。」

「我打賭你也可以在這裡畫畫，如果你想的話。」艾胥頓對他說。

拉雯老師點頭同意。「畫圖、講話，還有……沒錯，阿莫瑞──沒事教室這說法實在很天才。」

「就像我剛才說的，誰都有可能想到那個點子。」荷莉說。

「是啊……但是妳沒有。」阿莫瑞說。

「就像我剛才說的，」拉雯老師告訴我們，「在這間教室裡，不可以針鋒相對。」

「是她先開始的……」

「沒關係，阿莫瑞。」

「我只想搞清楚，」艾胥頓說：「所以星期五學校都是兩點放學？」

艾胥頓的皮膚跟叔叔一樣蒼白，頭髮永遠都會遮住眼睛，雖然他問問題的時候會用手把頭髮往後拉。荷莉曾跟他說：「乾脆把頭髮剪了嘛。」結果他聽了耳朵發紅。

我的頭髮一直都是亮紅色，最近顏色卻開始變深，而且變得更捲。如果荷莉的媽媽沒幫我編頭髮，我就會把頭髮束成鬆鬆亂亂的馬尾，捲捲的頭髮在臉上到處散落。

「天啊，艾胥頓！」荷莉說：「她不是那樣說的，這件事沒有這麼複雜吧？各位。」

「我只是不懂為什麼我們要到另一個地方，」艾胥頓說：「就只有我們。」

現在再倒回去看那一天，我覺得那句話永遠都會跟著我——另一個地方，就只有我們。在那天之後，我們獨自走進多少其他地方？即使那些地方不是具有實體的房間，而且我們也不曉得自己要在那裡做什麼？

我站在教室裡想著我爸，再過六個月或一年——我不知道確切的時間到底是什麼時候——我將走進另一個房間，一個我爸和我同住的空間。而當我站在那裡的時候，埃斯特班在一個不曉得他爸身處何方的教室裡。他看著我的那一天，除了荷莉，沒人知道我爸在坐牢，我覺得自己背叛了埃斯特班，覺得我應該要站在他身邊對他說：「嘿，不會有事的。」可是我沒辦法，我沒辦法講出我爸的事來幫他。所以我低頭看著裙子，想著房間的事。我想知道提亞哥、荷莉、阿莫瑞，和艾胥頓——他們的房間是什麼？他們在房裡藏了什麼？另一個房間。我想，我們總是在進入另一個房間。

那天，拉雯老師把我們推了出去——從熟悉的事物推向不熟悉的事物。她等待我們開口說話，感覺好像過了一個鐘頭。我看著時鐘，第二根指針走動時發出了聲響，那時候是兩點五分，還剩下五十五分鐘。

「你可以這樣做，艾胥頓。你們全都可以這樣做。」最後，拉雯老師這麼說。說完那句話，她就走了；說完那句話，她就讓我們自由了。

6

我們站在那裡瞪著彼此。荷莉坐了下來，拍拍旁邊的椅子。「海莉，來這裡坐。」

男生們坐在其他座位。

「男生對女生根本不公平，」荷莉小聲對我說：「他們人數比較多，我從進學校的時候就這樣講了。對了，這節課要考試嗎？」

我笑了。對荷莉來說，所有事情都不公平。我們都是獨生女，可是有時候我覺得，說不定她在哪個地方藏了一堆兄弟姊妹，因為她總是覺得有人想和她搶東西。

「這是自由時間，」我小聲的回答：「妳也聽到拉雯老師說的話了，不會考試啦。」

艾胥頓、提亞哥和阿莫瑞把他們的椅子往後拉，讓整個圓圈變大了，而且還歪向一邊。

埃斯特班坐在我旁邊，他沉重的坐下來，把頭放在桌子的支臂上，然後閉上眼睛。他的嘴唇裂了，鼻子上還有我以前沒注意過的小小雀斑。

在沒事教室的第一天，我們都很肯定他爸爸很快就會回來。明天、後天、下星期，我們沒有一個人真的知道什麼是永遠。我們才剛學著接受事情可能在一分鐘內發生變化——當你正在桌上擺放餐盤時，電話響起，帶來了壞消息。或是當你媽媽進房給你晚安吻時，你問她「爹地回來了嗎」？你媽卻說「還沒，說不定他今天要工作到比較晚」，但等你早上醒來跑進廚房，爸爸空空的餐盤依然放在桌上。

我想起某個叔叔以前喜歡講的故事。在我入睡前，他會親親我的額頭說：

「別忘了快樂的結局唷。」

那個故事的內容就像這樣：兩個小孩在森林裡迷路了，他們遇到一條蛇，問蛇該往哪裡走。蛇說：「跟我回到我的窩，你們才能得到自由。」兩個小孩知道，如果他們跟著蛇走，就會被吃掉。他們遇到一隻蜘蛛，蜘蛛說：「你們走到蜘蛛網的中央，才能得到自由。」小孩知道如果聽蜘蛛的話，同樣也會被吃掉。接著他們遇到一隻狼、一隻灰熊、更多的蛇，還有許許多多的其他動物。等他們最後遇到一頭野豬時，已經又累又餓又害怕。野豬說：「你們到我睡覺的樹林深處，才能得到自由。」孩子們跟著野豬走，他們已經放棄了希望，覺得被一頭野豬吃掉可能比較輕鬆，而且不那麼痛苦。可是野豬餵他們吃蘋果、喝蜂蜜，等他們吃飽喝足，眼皮也變得愈加沉重，野豬還為他們蓋上由藤蔓織成的樹葉毯子，並在他們睡覺時看顧他們。早晨到來時，孩子們爬到野豬的背上，牠安全的把兩個孩子送回家。

我問叔叔這個故事要讓我們學到什麼教訓？他說：「沒有教訓啊，只有快樂的結局而已。」

阿莫瑞再次站起身，把自己的桌子拉到埃斯特班的桌子旁。「你爸會回家的，兄弟，」他說：「我有預感。」

那個時候，我們都相信會有快樂的結局。我們當中沒有半個人知道，一個故事可以有多少不一樣的開始與結局。

7

每隔一個月，叔叔都會用一個星期六的早晨，開七小時的車程到馬隆——爸爸服刑的監獄。十月第一個星期六，爸爸拒絕下樓到會客室跟我們見面。叔叔和我在那裡等待，時間一分一秒流逝，叔叔來回踱步，還問警衛到底發生了什麼事。最後，不知道到底過了多久，我們回到車上，又花了七小時開車回布魯克林。

在回家的路程中，我想到就連我們的腦袋裡也有房間。我們會在那些房間堆放不願意回想的東西，或是不願意記得的東西。我決定把坐在那個炎熱等待區的記憶放進一個房間，然後鎖上門。

可是那天晚上，叔叔進來講故事、給我晚安吻的時候，他說：「妳爸很怕，他已經有八年沒到外面來了，那是一段很長的時間。」

「那又不是我們的錯，」我說：「按照規則，他應該每兩個月見我們一次。如果他不見我們，我們要怎麼幫他面對外面的世界？為回家做好準備。」

叔叔坐在床邊，我瞪著牆壁不願意看他。我身體裡的怒氣像火，同時是火焰與灰燼。

「看著我。」叔叔說。

我搖頭拒絕。爸爸怎麼能坐在他的牢房裡，怎麼會選擇坐在窄小的牢房而不跟我們待在同一個房間，與他的弟弟、他的女兒，他的家人，他唯一剩下的家人一起。

「海莉，我是認真的，」叔叔說：「看著我。」

我轉向他，但用毯子蓋住我的臉。

「海莉……」

「幹麼啦！」我把毯子一把抓到下巴的位置，瞪著他。「你想要怎樣？」

叔叔的聲音依然很冷靜，他用食指按住我的眉心。「妳要知道我們每個人都有弱點，」他說：「我們都有不想出現在別人面前的時候，有那種我們只想忘掉這個世界的日子。那沒有讓我們變成壞蛋，我們只是人。時間一直在走，一個月後，這一刻就不算什麼了。」

「可是他連看都不想看我們。我們開了大老遠的車去那裡，那樣是不對的！」

叔叔什麼話也沒說。我爸是他大哥，叔叔總是說在他們還小的時候，我爸是他的英雄，我爸走到哪裡他就黏到哪裡。

「他不能想消失就消失啊，他不能表現得像是……像是他不愛我，好像我不是他女兒。他應該要衝過來看我才對。」

「他是愛妳的，海兒。妳出生的那天晚上，是我從小到大第一次看到大哥哭耶。我到醫院的時候，妳睡在妳媽媽的臂彎裡，頭上戴著一頂新生兒戴的藍色和粉紅色相間的小小帽子。」

「妳爸爸對我小聲的說『看看這個』，然後溫柔的把帽子往後拉，讓我看妳亮紅色的頭髮。妳那時候還沒有很多頭髮，而且房間幾乎是黑的，可是妳的頭髮在發光。我發誓，妳的頭髮在發光。」

「才沒有，那不可能。」我想要繼續生氣，卻忍不住笑了出來。

「我發誓，」叔叔說：「妳有在黑暗中會發光的頭髮。」

「騙人！」

「後來妳爸爸把帽子又拉回妳頭上，妳和妳媽媽繼續睡，然後他拉著我的手，把我拉到房間外頭。」

我把頭靠在叔叔的胸膛上。我可以聽見他的心跳，他的心跳得很快。

「妳爸說『她真小，史蒂夫。她真是完美』。然後他用手遮住臉，開始啜泣著說『那兩個人，她們就是我的一切，我到底該怎麼……』」

叔叔不再講話，他抽著鼻子，把手舉到臉上。我繼續把耳朵貼在他胸前，閉著眼睛。我知道他在哭，我想讓他繼續哭，不想讓他感到尷尬。

「怎麼當最棒的爸爸和丈夫……他問我要怎樣才能當最棒的。我告訴他，他不必當最棒的……沒人能當最棒的。」

我感覺叔叔的下巴快要陷進我的頭皮裡了。這個故事他跟我講了多少次？但我還是可以一直一直聽到永遠。

「我告訴他，只要待在妳身邊就好，」叔叔說：「在每一個時刻。學會講第一個字的時候，跨出第一步的時候，第一次戀愛的時候。」

「真噁心……」我說。

「將來有一天，妳會墜入愛河的。」

「叔叔，別講什麼戀愛的事。回到故事上，拜託。」

「妳已經知道故事內容啦。」

「那有什麼關係，」我說：「我想聽啊。」

叔叔的心跳慢了下來。外頭有一輛車開過，音樂開得超大聲，車子開遠後，噪音也逐漸消褪。

「妳還記得任何關於媽媽的事嗎？」

「只有那張照片，」我說：「那張她的背影，我能看見她的手和指甲。」

叔叔沉默了一段很長的時間。之前的一次水災，足足毀了兩臺電腦裡的照片和一堆裱框照。過了許多年後，在意外發生之前，又發生了一場小小的電氣走火事件，毀了書架上所有的相簿，還有叔叔的唱片收藏。當爸爸被逮捕時，我爸媽的合照就放在我爸的皮夾裡，至於其他的——只能全部仰賴記憶了。

「她真的好美好美。」叔叔把嘴脣貼在我的頭頂上，接著拉開距離看著我的臉。「妳每天每天都變得更像她，妳知道嗎？」

我點了點頭。「我知道，你一直都這樣說，可是我看起來也很像你和爸呀，我看起來像每一個人。」

「不過妳看起來最像妳自己，海兒。」在他用手撥開我臉上的頭髮時，我打了一個呵欠。

「嘿！」我說：「可以買一枝錄音筆給我嗎？學校有個作業要用到。」

「為什麼不直接用手機？」他問。

「老師不准。」

「好啊，當然沒問題。妳還好嗎？」

我點點頭。「嗯，只是現在覺得累了。」

他親了親我的額頭，關掉燈。「晚安囉，海莉。我愛妳，一直愛到月亮那麼遠。」

我又打了一次呵欠，把毯子拉到頭上說：「我愛你，一直愛到冥王星又變成一個星球為止。」

8

接下來的星期一，晚餐吃完以後，叔叔在桌上擺了一枝錄音筆，尺寸小到可以握在我的手裡。

他說：「錄音筆已經充好電囉，不過我可以示範要怎麼充電。」他看著我問：「對了，這是怎樣的學校作業？」

「我還不曉得到底是什麼耶，就像你說的故事吧。」

「什麼意思？」

「我只是想錄一點東西，」我告訴他，「看看最後會變成怎樣。我希望以後還可以聽，然後弄清楚它到底是什麼。」我把錄音筆拿在手裡把玩。「謝謝你給我這個。我可以先回房間嗎？今天輪到你洗碗盤了。」

叔叔點頭同意，然後皺著眉頭問我：「妳還好嗎？」

「嗯，我很好。」

我跑上樓回到自己的房間。我床上的棉被印了一隻紫色的獨角獸，我以前覺得要是叔叔不買給我我就會死，現在卻突然覺得它好蠢、好幼稚。我喜歡的東西怎麼會變這麼快？我把錄音筆放在腿上，按下錄音鍵，錄下自己的聲音。

「測試，一、二、三。測試，一、二、三。」倒回去聽，我的聲音聽起來很高亢，像個小嬰兒。我起身去刷牙、換上睡衣，接著爬到床上再次錄音。

「我叫海莉．香戴爾．麥可葛瑞斯，今年十一歲。我爸在坐牢，我媽死了，可是你不必為我感到難過。我不記得我媽，但叔叔說我有她的眼睛。麥可葛瑞斯是愛爾蘭名字，意思是『神恩之子』，不過這裡的麥可葛瑞斯是某個人的女兒。

「拉雯老師把我們六個放在沒事教室，我們每個星期五都要在那裡待一個小時一起聊天。我、阿莫瑞、艾胥頓、埃斯特班、荷莉和提亞哥，我們的故事是從拉雯老師在紐約市布魯克林鎮的課堂上開始，不過它是長在故事上的故事，這個故事開始又結束了太多次。我們在讀紐約歷史時談過萊納佩人——他們是真正土生土長的紐約客，只是那時候這裡還不叫紐約。萊納佩人幫那裡取的名字是萊納佩宏科，可是後來荷蘭移民殺了他們，奪走了他們的土地。意思就是，不管我們踏上哪裡，那塊土地都是屬於萊納佩人的。他們可能被埋在那塊地底，那是他們為之犧牲的土地。拉雯老師說我們應該永遠記得這件事，雖然我們有自己的夢想，但萊納佩人同樣也有他們的夢想。即使我們現在身在此處，先來的人卻是他們。我想世界就是這樣——在故事之前還有故事，一路延伸到時間的起點。拉雯老師問我們，如果我們以前住在萊納佩宏科，我們會和萊納佩人一起戰鬥？還是會把土地據為己有？我們全都回答：我們會一起戰鬥，我們全都說我們會試著幫助他們保有土地。」

我關掉錄音筆。當我們告訴拉雯老師我們會和萊納佩人一起戰鬥時，她說：「那你們現在可能就不會在這裡囉？在美國。」她這麼反問的時候，我們靜默了一陣子，大家只是面面相覷，沒有一個人開口說話。

「那這裡就不會是美國，但是會跟我們很像。」最後，荷莉開口這麼說：「我想這塊土地看起來會很像這間教室，因為我們會想出掠奪以外的方法，而且萊納佩人說不定也會與我們分享……」

「然後我們就全部混在一起了。」提亞哥說。

在拉雯老師還沒講萊納佩人的事情之前，我不曾想過那些比我們更早來到這裡的人們。印地安人不過是頭冠上裝飾著很大的羽毛，圍著圓圈跳來跳去，然後用手拍打嘴巴的人。可是在我們認識萊納佩人以後，我沒辦法再做那種手勢了，也沒辦法理所當然的看著人們在萬聖節或電視轉播的足球賽上戴著羽毛。「那不是……不是事實。」當我這樣跟拉雯老師說的時候，她微笑著說：「沒錯。」然後她露出更大的微笑說：「我實在好愛這個班！」這句話讓我們覺得好神奇。

我再次打開錄音筆。「拉雯老師說我們每天都該問問自己『如果世界上最糟糕的事情發生了，我會幫忙守護其他人嗎？我會成為另一個需要庇護的人的港灣嗎？』她還說『我要你們每一個人都對彼此說——我會守護你』。」

「我會守護你。」

❋

在屋裡某個地方，叔叔正在彈吉他。除了吉他的聲音，還能聽見洗碗機柔和的運轉聲。叔叔一遍又一遍撥奏相同的和弦，然後轉調彈其他的旋律。音樂聲在屋裡顫動，我盯著床鋪對面的牆壁。那面牆上只有一幅圖畫，畫著棕黑色皮膚的女孩坐在鋼琴前，她背對我，手臂橫越過琴鍵。她肩膀的模樣讓我想起了埃斯特班，某種讓人悲傷又……驕傲的東西同時湧現。我把冰冷的金屬製錄音筆貼在臉頰上，盯著圖畫看了很長一段時間。總有一天，這幅畫也會消失。我們曾把這幅畫拿下來一次，掛畫的牆面上出現一個蒼白的四方形，就像太陽把圖畫周圍的牆壁都晒黑了一樣。叔叔說：「那個啊，就是她寫下的全部。」

「把畫放回去，」我那時這樣對叔叔說，然後轉身背對那幅畫。「馬上放回去。」

「冷靜點，海兒。」叔叔給我一個那有什麼大不了的表情。「那只是一道牆而已。」

可是它是空的，我不願意相信那裡什麼也沒有，不願意相信某個東西消逝時，只剩下蒼白的鬼魂。我想要相信故事之後還有故事，永遠都會留下一些什麼，永遠還會有更多的結局。

我把錄音筆放在枕頭底下，我的手在顫抖。我知道荷莉不會反對我錄下她的聲音，可是我不曉得那些男生會怎麼想。在這個世界上，我最想聽到的就是媽媽的聲音。她的聲音像我一樣高亢嗎？她講話有口音嗎？會口齒不清嗎？我再也聽不到她的聲音了，她的聲音已經化為塵土。可是如果其他人願意，我就可以留下我們的一小部分，我就可以保留這個故事，直到永遠。

9

接下來的星期五，我們在沒事教室裡坐成一圈。阿莫瑞拿出他的素描本，艾胥頓和其他傢伙在看漫畫，我和荷莉則是在聊天。教室裡很溫暖，學校已經開了暖氣，窗戶底下高高的暖爐發出柔和的嘶嘶聲。我們脫掉夾克和制服毛衣，就連埃斯特班也脫掉他洋基隊的夾克。荷莉站起來，解開學校襯衫的扣子。她在襯衫底下穿了一件金色的T恤，胸前寫著MAGIC（魔術）的字樣。

「妳還是要穿著制服啊。」阿莫瑞說。

「不，我才不要，在這裡不穿。」荷莉摺好她的襯衫，把衣服放進背包裡，然後又坐了下來。

阿莫瑞看起來不太高興，彷彿他希望自己能早點想到可以穿不同的襯衫。

「妳會讓拉雯老師惹上麻煩的。」

「老師們才不會有麻煩，」荷莉說：「他們就像是學校裡的神。」

「錯，校長才是神，老師們是天使。」艾胥頓說。

「我以前的老師比較像是魔鬼耶，」提亞哥說：「她好壞心，連講個笑話都不行！她只會……像是……對你吼，就算你沒做任何壞事也一樣。」

「拉雯老師從來不會用吼的。」荷莉說。

我們全都表示認同。

「可是老天啊，這裡就像該死的地獄一樣熱。」荷莉說。

阿莫瑞說：「妳在這裡可以說該死的。」

「誰想說？」荷莉說：「我會更聰明的字彙，罵人有誰不會。」

在阿莫瑞發飆之前，我拿出錄音筆。

「嘿，各位，我可以問你們一件事嗎？」

「說吧，小紅。」阿莫瑞說。荷莉的媽媽幫我綁玉米辮，然後在頭頂上紮了一個髻，我覺得頭髮梳成玉米辮的時候沒那麼紅，不過我猜阿莫瑞不這麼覺得。

我跟他們解釋錄音筆的事，還播了一段我前一天晚上錄的東西。

「感覺像是妳想要記住我們，」阿莫瑞往後靠在他的椅子上，「可是我們就在這裡呀。不過，也對啦，一個小時後我們就不在這裡了……」

「而且說不定下個星期我們就不會再出現在這間教室了，就像以前我們班上有個轉走的小孩——還記得他嗎？」艾胥頓接著補充，他看著我說：「我們再也聽不到他的聲音了。」

「那傢伙沒講過話吧！」阿莫瑞說：「我們從來就沒有聽過他的聲音呀。如果有人問我他的聲音聽起來怎樣，我會像這樣……喂，你們都記得他的聲音嗎？」

我們全都搖了搖頭。

我說：「我記得他的捲髮，可是那又沒辦法聽。」

「讓我聽聽看我的聲音。」

我按下錄音鍵，阿莫瑞開始編饒舌歌。

「我的名字是阿莫瑞。喔耶，那很可以唷。因為在路上可以說，怎樣、怎樣、你怎樣啊？」

埃斯特班似乎已經瀕臨大笑的邊緣。

我把錄音播出來，然後我們全都放聲大笑。阿莫瑞的聲音聽起來有點弱，說是饒舌，語速太慢，要說是其他東西，感覺又太奇怪了。

「只是需要襯一點音樂啦，」阿莫瑞說：「還是妳要我唱歌？」

「不要！」荷莉說：「拜託不要再往已經很熱的空間裡追加熱氣，再說海莉又不想要那樣，對吧？」

我聳了聳肩。我不認為對錄音筆講什麼話是錯的，那全都是我們的一部分，我很樂意聽聽阿莫瑞唱起歌來會是怎樣的聲音。

「應該要講故事才對，」荷莉邊說邊拿走我手上的錄音筆，接著按下按鍵，對錄音筆講話。「這是為了在我們不在這裡的時候，可以記住我們。」

「是為了讓妳不要從人家手裡把東西搶走啦。」阿莫瑞說。

荷莉什麼話也沒有說的把錄音筆還給我。有時候她的手和嘴巴動得比她的大腦還要快，會讓她說出或做出她不是有意要做的事——像是搶走東西和說出某些話。

「我不介意。」我對阿莫瑞這麼說，然後按下停止鍵。我真的不介意，荷莉和我一直是朋友，而且有件關於朋友的話是這樣說的——他們了解你。

「我喜歡它為了記憶而存在。」埃斯特班盤腿坐著，看起來就像是坐在那裡的佛祖。

我滿懷希望的把錄音筆舉向他。「你想試試看嗎？只要按下這個按鍵就好，然後你可以對全世界說你爸爸的事，你可以告訴全世界你的故事。」

「我不知道我想不想那麼做。」埃斯特班把錄音筆推回來給我。

「我叔叔說，當你說故事的時候，就像在釋放你體內所有的恐懼，」我說：「就像是你為故事賦予了意義。」

埃斯特班低頭看著他掉在腿上的夾克。他溫柔的撫摸外套，彷彿正在回憶什麼跟外套有關的事情。

「這讓我太傷心了，」他說：「我不曉得現在我爹地是覺得寒冷、炎熱，還是飢餓或害怕，」他做了個深呼吸，「我什麼都不知道，我們家沒有一個人知道。」

「說那些你確實知道的事呢，埃？」阿莫瑞問：「你可以說說所有你知道的事……」

艾胥頓接著說：「還有那些你記得的過去，這樣會不會不那麼糟？」

埃斯特班聳了聳肩。

「沒事教室，」阿莫瑞說：「什麼話都可以說的教室。我們懂你，埃。」

埃斯特班伸手要接住錄音筆，他指甲上的咬痕那麼深，深到手指的頂端都出現一圈粉紅色的皮膚了，看起來好痛。一分鐘後，他的手指抓住錄音筆，從我手中拿走。

他說：「好吧，我確實想講……他的事，關於我的爹地。」

10

「我們可以問你問題呀，就像在訪談一樣。」荷莉說。

阿莫瑞說：「才不要，那樣好蠢，而且採訪的人早就不用以前的方式了。」

荷莉瞪著他看：「他們還是一樣啊，現在是誰蠢？不然他們要怎麼讓人講話？」

阿莫瑞的身體往後靠，抱住自己的手臂，然後用一種很深沉的聲音說：「所以，埃斯特班，跟我說說你爸的事吧，告訴我好的、壞的，還有不堪回首的一切。」

荷莉翻了個白眼，可是她還來不及多說什麼，埃斯特班就開始講話了。我碰了碰荷莉的手，要她別再多說。

「我們認為，他們是在我爹地下班回家的時候把他帶走的，」埃斯特班說：「他在皇后區的一間工廠工作，負責電玩的膠膜包裝。我不曉得他到底是怎麼做的，他本來說要示範給我看。他答應要帶我去那裡，他說要選假日，因為我不能缺課，而且他週末不必上班。我爹地說週末永遠都要留給家人，而且能每天去上學是上帝賜予的禮物。他說在搬到這裡以前，我要上學根本是天方夜譚——我要不是去耕種其他人的土地，就是在工廠裡工作。爹地說『想像一下，跟你一樣的年輕男孩，卻有著男人般粗硬的手』。他說既然我和妹妹出生在這個國家，我們出生就帶著美國夢，就像我們在嘴裡含著銀湯匙。他總是告訴我們『你們很富有』，他指的不是金錢，因為錢不代表一切。他說『你們在夢想上很富有，因為在這個國家，你們有無限可能』。」

埃斯特班把他的頭抵在桌上。我以為他講完了，準備把錄音筆拿回來的時候，阿莫瑞說話了。

「現在嘛，」阿莫瑞說話的同時看著荷莉，「為了深入了解這個故事，妳應該要問他一個問題。」

「那你就問他問題啊，小聰明先生。」荷莉說：「你這麼喜歡採訪遊戲，快去嘛。」

阿莫瑞說：「你們看吧，這就是為什麼我得當個萬事通。嘿，埃。」

埃斯特班再次抬起頭，「怎麼了？」

「你爸就像……我知道他在工廠工作，可是如果他可以選擇世界上所有的工作，他會做什麼呢？你知道的，我不是說在工廠工作有什麼不對……」

埃斯特班說：「我知道，我爹地曾說他想像聶魯達一樣，成為詩人。那個傢伙寫了一堆情詩，爹地會念他的詩給我們聽。還會念另一個名叫佩特羅．米爾的傢伙的詩，他跟我們一樣來自多明尼加共和國。爹地說他想寫的就像是佩特羅的作品，描述普通人、工作，還有那一類的事情。可是你不能用詩餵飽你的家人，爹地是這樣說的。」

提亞哥笑了出來。「我懂你的意思，」他說：「噢，老兄，那就像我媽會說的話！『你不能用一首詩買冬天的外套』。」

埃斯特班把手放在口袋裡，再把口袋翻出來，讓我們看那些不能用寫詩得到的錢。「我爹地總是說『我寫詩是為了愛，我不再寫詩也是因為愛，因為我愛我的家人』。」

埃斯特班再度陷入沉默。走廊上，有些孩子拖著運動鞋走路，鞋子摩擦地板發出吱吱嘎嘎的聲響，讓他們發笑。荷莉把手指附在耳朵上，聽到有個大人說：「你們現在應該在哪裡？」

吱吱嘎嘎的聲音停止後，埃斯特班才又開始講話。

「可是爹地還有另一個夢想。如果你曾經在星期天去過橋邊的公園，你說不定看過，爹地在那座公園打棒球，他簡直是無人能及。每個人都說『個子這麼小的人，揮棒怎麼這麼有力？』但他只是把球棒往後拉，然後匡噹一聲，球就飛了出去。守外野的人沒有跑也沒有朝空中伸出手套，因為他們知道球已經接不到了。球一直高高飛去，就像是要去找上帝似的。所有人都圍著爹地跳來跳去的歡呼，叫他去為洋基隊打球，賺大把大把的鈔票，因為就連A-Rod[2]也沒辦法打出那樣的球，A-Rod賺的錢應該有好幾百萬美金吧。可是爹地只是大笑，他說如果你去多明尼加共和國，會在同一座公園裡找到二十幾個打球打得像他一樣的人。他說就像貝利，他們連可以玩的球都沒有，可是他們可以打石頭和罐頭，有一次甚至是拿一隻又舊又破的鞋子來打，就打飛了！」

阿莫瑞說：「等他回來的時候，我想見識一下，希望他可以教我打球。」

埃斯特班幾乎露出了微笑，但又不笑了。「萬一他回不來呢？」他說：「我晚上做夢的時候，夢到他被洋基隊招攬，去了那裡打球。可是一到早晨醒來，日子又變回先前爹地不在身邊的每一天。我們的公寓變得更加陰暗又沉默，妹妹甚至連媽咪不准她看電視時也沒有哭，她只是爬到媽咪的腿上，吸吮自己的大拇指。」

「他會回來的。」提亞哥說。

「我賭這件事會有快樂的結局，埃斯特班。」我說：「我賭他會回家，這一切在最後都會變好。」

艾胥頓說：「沒錯，我賭等到適合打棒球的天氣來臨，我們全都會坐在露天座椅上，看你爸把球打飛到公園外頭。」他把手臂向後甩，好像正在打擊一樣，然後抬手望向遠方。「來囉，看吧，球消失了！」

埃斯特班關掉錄音筆，接著輕聲說：「媽咪覺得也許他們已經把爹地送回多明尼加了。」

我們沒有半個人說話，我們不需要說，因為我們知道「他們」是誰，我們知道埃斯特班在怕什麼，我們知道他為什麼關掉錄音筆。

「媽咪說如果他們把爹地送回去，那我們雖然是為了美國夢來這裡，但我

2 球星A-Rod，美國出生的多明尼加裔職業棒球明星，現已退役。曾效力於西雅圖水手隊、德州遊騎兵隊，以及紐約洋基隊。

們也得要回去。因為沒有爹地，我們就不是一個完整的家庭，我們的家像是碎成了一塊又一塊，就跟妹妹的木頭拼圖一樣。那個拼圖上本來應該有四隻小狗，現在卻只有三隻半，因為角落那塊拼圖是最後一隻小狗的脖子、臉，還有耳朵——那塊拼圖不見了。爹地就像我們家的脖子、臉和耳朵，他們帶走他的時候，也帶走了我們每個人的一小塊。」

埃斯特班把錄音筆拿給我，我把它收進背包。就在這個時候，我連想都沒想就起身擁抱了他。那是一個很快速的擁抱，可是在那一分鐘裡，我深深的吸了一口氣，他聞起來有香皂和肉桂糖的味道。我想記住他——記住他的一切，我想告訴他，如果他必須離開，我會記得所有關於他的小小事物。可是我沒有說出口，我回到自己的座位，低頭盯著我的鞋子看。

阿莫瑞吐出幾個字——「戀愛了」！除了我以外，所有人都笑了。

「妳覺得它錄下整個故事了嗎？」埃斯特班問：「除了我不想說的部分以外？」

我點了點頭。「它是數位錄音筆，能容納一堆記憶，你可以把檔案轉到電腦上傳什麼的。」我意識到自己快速的回答並且停了下來，因為現在這間教室裡浮現出一陣憂傷，彷彿我肩膀上有一個沉重的灰色鬼魂。我之前一直用很快的速度說話，想用話語掩蓋它，把它從窗戶拋出去，可是我沒有成功。我試著想像這個鬼魂被陽光、棒球比賽和詩環繞——希望這些美好的東西能把它推開。

荷莉說：「埃斯特班，你講話的時候，我好像可以看到你講的那些事物。你的話在我眼前畫出了圖像，我知道這聽起來很瘋狂，可是真的是這樣。」

埃斯特班露出了微笑。

「爹地也這樣說，他說詩就是小小的圖畫。」

「我只希望你不必搬走，」阿莫瑞說：「那樣真的太爛了。」

提亞哥和艾胥頓都開口附和。「對，那樣太爛了。」

埃斯特班環視我們，就像他是第一次見到我們似的。他的微笑變淡，然後又出現，接著消失不見了。

「我知道，」他說：「可是我想待在爹地也在的地方，我希望我們再次恢復成完整的家。」

11

「每個日子好像都會為我帶來一些新東西，讓我想念爹地。」埃斯特班在萬聖節前一個星期這麼說：「現在這些節日全都來了。」

他離開座椅的圓圈走到窗邊，有人沿著窗臺放了一些抱枕，也許是拉雯老師吧。明亮的陽光照進屋裡，他爬上窗臺時看起來就像一道剪影，像是阿莫瑞會畫的某個人，像是某幅美麗圖畫的人物。阿莫瑞拿出他的彩色鉛筆和畫板。

「聽說，爹地現在在佛羅里達州的某個地方，」埃斯特班告訴我們，「那裡好像是監獄吧，可是我爹地沒有做任何壞事，他只是在工廠裡工作，他們就把他帶走了。」

阿莫瑞咒罵了一聲，他的話就像搥在牆壁上的一記拳頭。我們沒有說任何一句話，因為我們全都想要一起咒罵，或是也找一面牆壁來搥。話語卡在我們的心裡，也卡在喉嚨和嘴巴裡。

「可是他們會放他走，不是嗎？」艾胥頓說：「我是說，他們不能就那樣把人帶走，還把人關起來！那樣也太不公平了，兄弟。」

「醒醒吧，艾胥頓，」阿莫瑞講話的時候，頭根本沒有從畫板上抬起來。「這裡是美國耶，應該是自由的土地吧，可是我們自由嗎？才怪，我們走到哪裡都踩到規則。不准跑、不准罵、不准玩、不准大吼大叫、不准熬夜，不准這個不准那個的。看吧，大人才是自由的人，我們背後如果沒有大人老是說這個說那個，就是老師們……」

「拉雯老師不會啊。」荷莉說。

阿莫瑞的手往空中輕輕一拍，雙眼朝天花板翻了一個白眼。「她把我們放在這裡耶，她不是說『你們都想去美術教室嗎』？她說的是『你們全都得去美術教室』。那是自由嗎？還是權力？」

「我們得到了自由。」荷莉瞪著他說：「這又不像以前，因為我們是黑人還是怎樣就不能去游泳池游泳或是商店，這又不是種族隔離。」

「不是，」阿莫瑞說：「因為不是，所以我們應該起立為美國歡呼囉？」

他又翻了一次白眼。

「我們可以住在任何我們想住的地方……」荷莉說。

「妳可以住在任何妳想住的地方，」他說：「妳是個有錢的女孩，荷莉。提亞哥可以住在任何地方嗎？艾胥頓可以再回康乃狄克州住嗎？」

「行啊，我可以。」艾胥頓說。

「怎麼去？」

艾胥頓聳了聳肩。「就搬回去呀，將來的某一天我們可以搬回去。」

「用什麼錢？」

艾胥頓低頭看著他的桌子，一句話也沒說。

提亞哥說：「不行，阿莫瑞說得對，我們沒有那麼自由。」

「就連你想戴著帽T上的連衣帽到處走都不行，」阿莫瑞說：「現在在這裡也一樣，我們還得穿著制服耶！那叫自由嗎？」

沒有一個人開口說話。

「對啦，」阿莫瑞回答自己提出的問題，「不覺得。」他回頭繼續畫圖。我俯身靠近看的時候，看到紙上幾乎畫滿了彩色的槍——藍色、綠色、黃色的槍。

「你為什麼畫這些？」我問。

阿莫瑞看著我，好像很驚訝我為什麼會出現在這裡。「妳為什麼這麼多管閒事啊，小紅？」他用手臂遮住畫紙，然後繼續畫。

「嘿，阿莫瑞，我的朋友問你為什麼要畫槍，」荷莉說：「而且你知道她的名字。」

「只是一張畫而已，」埃斯特班說：「畫又不會傷害妳，它就像詩一樣，只是不是用文字表現。」

阿莫瑞拿起那張紙，用它瞄準荷莉。「朋友，管好妳自己的事吧。就這樣，這些話剛好可以搭配我的畫。」

「我要告訴拉雯老師，你在這裡威脅別人。」荷莉說。

在那一分鐘裡，阿莫瑞露出全世界最悲傷的神情，好像如果有人在那時碰了他的肩膀，他就會開始哭。不過，那只是看起來而已。他的表情恢復正常，他舉起那張紙，再度用紙瞄準荷莉，然後把音量壓低到一種嚇人的呢喃。

「不能跟任何人說任何事。我們全都很孤獨。好了，我猜那就表示我們是自由的。」

現在，就連荷莉也想不出任何話來回應他。

12

第二天，我收到爸爸寄來的信。

我站在信箱前顫抖，瞪著長長的信封看——上面有爸爸的名字、監獄的地址和電話在左上角，正中央爸爸用彎彎曲曲的手寫字寫下我的姓名和住址。我站在門廊上，抬頭盯著整個街區。兩個男人正在遛一條灰狗，其中一個人說了什麼，另一個人仰著頭大笑起來。他們離我太遠，我聽不見笑聲，可是我看得見他們的表情似乎非常開心，感覺如此自由自在。

我想起前一天阿莫瑞說過的話：我們當中沒有人擁有真正的自由，然後低頭看信。爸爸入監服刑前，我對他很熟悉，可是現在一點印象也沒有了。他搔過我癢嗎？他曾把我拋向空中再接住嗎？他曾在公園裡幫我推過鞦韆嗎？或是在我大發脾氣時勸過我嗎？當我回想那些事情時，看見的人總是叔叔。我把信封抵在鼻子前聞一聞，他的信聞起來永遠都有監獄的味道——就像灑了漂白水的地板，還有一點牛奶酸掉的氣味。

叔叔應該正在城市裡，和他大學時代的朋友們一起玩音樂。我進到屋裡時，覺得這間房子實在太安靜、太空了。我坐到窗邊的座位，用雙手拿著信封，一遍又一遍的把信封轉來轉去。外頭的葉子悄無聲息的飄動著，就像那個男人的笑聲。葉子從好久以前就變成棕色的了，上方的天空看起來藍得不可思議。我不曉得自己到底盯著天空看了多久，才終於打開爸爸的信。我好害怕，上次去探視時他不下來見我們，讓我心裡的某個東西碎裂了。某種我不曉得可能會破裂的東西，在我身體裡斷裂開來。

親愛的海莉：

很抱歉上次我沒有出現。從今以後為了妳，我再也不會避不見面了。我待在這裡頭的時候不會，等我再度回到外面時也不會。我知道妳有好多好多問題想問，我希望有一天我可以坐在妳的對面，身邊沒有犯人和警衛，沒有吵雜的電視，沒有冰冷的灰色房間，也沒有內部通訊設備呼叫名字、要求和規定。海莉，自從妳會講話以來，妳認識的我就只有囚犯這個身分，我很期待對妳來說我不再是犯人的那一天。

愛妳的爸爸

讀完信後，我又回頭重看一遍。

很抱歉上次我沒有出現……

愛妳的爸爸

我很愛他，但我真的只認識他穿監獄制服的模樣。在那些灰色的房間裡，我只知道他抱我抱得有多用力，當他看見我們站在那裡時，他的眼睛是多麼的明亮，而且他看起來總是又想哭、又想笑的模樣。

「要愛妳爸爸，不管發生什麼事，」叔叔總是這麼說：「妳要愛妳爸爸。」

我把信摺好放回信封裡，用手指拂過我的名字。爸爸的手寫下了那些字，他坐在牢房裡，彎著身體在信紙上寫下那些字。很抱歉……

「原諒，然後忘記。」叔叔對我說。看著那些字句，我覺得我可以原諒爸爸，可是我永遠也不可能忘記。我要把每個瞬間鎖進腦袋裡的其中一個房間，希望它們能像我身體裡的細胞那樣增生，直到我長成一個充滿記憶的大人。也許就是記憶讓我們獲得自由，是我們走過的點點滴滴，是那些好的和壞的。

我慢慢的爬上樓梯，第三階樓梯發出嘎吱嘎吱的聲音，第五階則是往下傾斜。憑著記憶，我知道我的腳會落在每個臺階的哪個位置；我知道當我關上門的時候，門會怎樣發出哀號；我知道叔叔淋浴時，水會怎樣嘩啦嘩啦的流過水管；也知道後院對門的那隻狗，每天早上牠主人把牠放出來時會怎麼叫。周遭的一切就像我的紫色棉被一樣熟悉，就像說出自己名字一樣容易。在把信放進抽屜讓它和其他信件待在一起之前，我又聞了一次信的味道。然後，我躺在床上，用棉被裹住自己。

13

想想熟悉的事。每天早上，你起床刷牙洗臉，穿上那天要穿的衣服。日子一天又一天、一星期又一星期、一個月又一個月的流逝。樹葉從枝頭掉落，風從北方吹來，讓你拼命發抖、牙齒打顫。每天早上，你在學校和朋友們一起吃早餐。你咬著貝果，咕嘟咕嘟的喝著穀片，斜眼瞥著看起來很可疑的蛋。你和朋友一起對蠢事哈哈大笑──提亞哥戴上黏著白鬍子的聖誕老人帽，配上他每次戴著那頂帽子就會做的鬼臉。阿莫瑞畫了長翅膀的狗和拄枴杖的貓，還有不可思議的冰淇淋聖代，就像是畫在紙上的心願。

想想你知道的事。早晨總是來得太快，週末又永遠不夠長。叔叔刮鬍子時，總是先刮左邊再刮右邊——這是為了祈求好運，還是他的習慣？想想熟悉的事。

到馬隆的旅途、吃墨西哥捲餅的星期二、晚上的睡前故事、在荷莉家剪頭髮的日子。熟悉的事。

一位帶著一隻小黑狗的女士，每天早上都在你離開家門時出門，她揮揮手，你也揮揮手，可是你就只見過她那一次。

我們知道我們知道的事，我們做著我們一直做的事。然後有一天，拉雯老師說：放下你們的鉛筆，跟我來。

我們離開教室，沿著走廊走到美術教室。熟悉的事物像泡泡一樣飄到我們的頭上，可是我們抓緊背包，繼續往前走。

14

萬聖節過後的兩個星期，我們偷偷把糖果夾帶到沒事教室交換，直到我們的肚子因為吃太多巧克力而絞痛，舌頭也因為嘗太多酸軟糖和開心棒棒糖快要燒起來了。

埃斯特班的黑眼圈顏色變得更深了，還有某些日子，他的制服皺得簡直就像是穿著睡了一覺似的。他已經完全離開了教室裡的圓圈，坐在窗臺邊，盯著校園。

一個星期五，我們剛進到沒事教室，連一個字都還沒說，艾胥頓和阿莫瑞就開始移動我們的桌子，把桌子圍在埃斯特班所在的窗邊。我們沒有一個人講話，可是埃斯特班抬起頭，然後露出了微笑。

我們在新的圓圈位置上坐下，彷彿這天跟平常的星期五沒有兩樣。可是現在的圓圈比以前小一點，我們的椅子比以前靠得更近，我們也靠得更近了。

阿莫瑞拿出他的素描本開始畫畫。接著，他用同樣快的速度，「啪」的一聲突然闔上素描本。

「嘿，小紅，我可以對妳的錄音筆講話嗎？我有話想說。」

「當然可以。」

我想趕快拿錄音筆給阿莫瑞，幾乎把整個背包都翻了過來。給他錄音筆的時候，他把玩了一下。「按最上面的按鍵，就可以開始錄我的聲音，對吧？」

我點點頭。

「我的名字叫阿莫瑞，」他開始唱起饒舌，「跟艾特芮押韻。我就是這麼老派，我就是這麼順。」

「噢，老兄，」荷莉說：「你不會想重聽這麼遜的饒舌歌吧？」

阿莫瑞看起來像是已經準備好要反駁她，卻只是坐直身體、癟著嘴脣。

「先等一下，」他用很慢的速度說：「二十年後，我們全部回到這間教室見面，妳可以幫我們播這一段。我已經在變聲了，所以讓我捕捉一下現在的聲音吧。」他露出了微笑。

「你的聲音根本沒什麼變，」荷莉說：「繼續做夢吧你。」

阿莫瑞對她翻了個白眼。「嫉妒，妳只是嫉妒。」

「最好是。信不信由你，我才不想變聲，我的聲音這麼甜、這麼好聽耶。」

其他人露出笑容，可是阿莫瑞只是看著荷莉，她立刻瞪了回去。

「你們兩個為什麼不結婚好好解決一下。」艾胥頓說。

阿莫瑞和荷莉都發出想吐的聲音，可是我的胃快速翻轉，又重重的降落。

不對，他們討厭彼此。不對，艾胥頓搞錯了。可是就在這個時候，我看見荷莉的嘴角揚了起來。

「隨便啦，」阿莫瑞說完，轉頭對我說：「如果埃斯特班覺得可以，那我也行，反正只要幫我們播放就好。從現在算起的二十年後，我們全都要回到這裡見面，我們六個。」

「那樣很酷。」提亞哥說。

「是啊，」埃斯特班同意，「那樣會很棒，雖然我們都老了。」

「我會第一個認出小紅。」阿莫瑞說。

我笑了。二十年感覺就像一百年那麼長，我甚至無法想像一間沒有我們六個人的教室。總有一天，我們會離開拉雯老師的班級，可是阿莫瑞會認得我。

埃斯特班不再笑了，其他人也是。

「想像我們不在一起很奇怪，」艾胥頓說：「我知道時間並沒有那麼長，可是……」

「對，但還是很怪。」阿莫瑞說。

「所以我們來約定吧！」荷莉用雙手拍打椅子的扶手，「從現在算起的二十年後，不管我們住在哪裡，不管怎樣，我們都要回到沒事教室見面。」

「把這裡的小小孩踢出去，」艾胥頓說：「因為是我們先來的！」

阿莫瑞舉起錄音筆說：「小紅會帶這個來，我們全都會聽到我們自己的聲音。」

我點頭同意。

錄音筆上的綠燈還亮著。「它正在錄下我們的聲音。」我說。

「很酷呀，」阿莫瑞說：「妳可以好好保管這個東西二十年嗎？」

「可以。」我說。

「聽起來好老套，」艾胥頓說：「可是這樣真的很酷，因為大多數的情況是，如果你搬離一個地方，就不會再見到那些人，甚至不會記得他們的聲音。」

他變得很安靜，低頭看著他的大腿嘆了一口氣。那是個深沉又令人心碎的聲音，我知道這個聲音即使過了許多年，聽起來依舊同樣悲傷。我會一遍又一遍的聽著這個聲音，想起艾胥頓低著頭，頭髮落在前額，雙頰鼓鼓的，張開的嘴唇發出嘆息。

15

阿莫瑞把錄音筆放在他畫簿的最上方，然後從背包裡拿出一枝綠色麥克筆，開始沿著錄音筆描圖。他的手緩慢、確實的沿著錄音筆移動。「我覺得最困惑的事情，是情況一年一年變化得太快了。你知道嗎？」

「例如我不介意我的聲音愈來愈低沉，」他停下畫畫的動作，抬頭看著荷莉，「就算妳聽不出來，但事實就是如此！」

「就像有一天，妳希望自己的床能鋪上蝙蝠俠被單，第二天卻有人告訴妳，蝙蝠俠是給嬰兒的。就是類似這樣的事。」

我想起自己以前有多愛紫色，還有我以前是那麼深信獨角獸的存在。

「還有抱抱也是，」阿莫瑞說：「男生才不抱抱。我的意思是你小時候會，那時候是可以抱抱的。你常常看到小孩子跑向對方，然後抱在一起，好像好幾年沒見面似的。這就是為什麼我喜歡小小孩，因為他們才剛成為小小孩。可是等你長大以後——就像我們這樣——所有的一切都消失了。我跟我爸就是這樣。有一次，大概是在我八歲的時候吧，我跑向他，準備跟以前一樣跳進他懷裡，結果他卻說『大男生！你已經長很大了，現在不適合那樣囉』。前一天還可以，第二天卻不行了。」

「可是你知道嗎？在很深的地方……像是我的內心深處？我有時候還是會想找回那樣的時光。我想抱抱你，埃斯特班，就像小紅抱你那樣，然後跟你說『兄弟，那超爛的！』我想跟你保證你爸很快就會回來，這件事不過就是路上的一條小縫。」

「我爸就是這樣形容我們的此刻，『路上的一條小縫』。上上個星期六，他哪裡也不讓我去，不讓我去艾胥頓家，不讓我去街角的商店，就連到門廊邊跟住家附近的朋友們玩都不行。他一直說『你乖乖坐好，阿莫瑞，看你想看的電視節目，我晚一點再跟你談』。」

阿莫瑞抬頭看著我們。「看我想看的電視節目？他那樣講話簡直像是被附身了，因為我爸向來是講『關掉電視去看書』的王，我爸是那種『我要把電視從窗戶丟出去』的爸爸。你們懂我的意思嗎？」

我們全部點頭。

「所以大約在一點左右，當我正在看我的第一百個節目時，我爸走進來說『陪我去河堤走走吧，莫兒』。莫兒是他幫我取的小名，我發現那在西班牙文的意思是『大海』。」

「莫兒。」提亞哥和埃斯特班用帶著口音的語調說。

「莫兒。」我們其他人也這樣輕聲說。

「他叫我莫兒只是因為這樣叫比阿莫瑞短，可是我喜歡短名也有自己的意義。如果你用約魯巴語翻譯的話，阿莫瑞的意思是『力量』，可是這個名字在日文的意思卻是『不是真的』。如果我們是日本人，我一定會很討厭自己的名字。不是真的，只是說說啦。」

埃斯特班說：「不是真的，那太扯了，不過挺好笑的。」

艾胥頓說：「嘿，不是真的，現在馬上打掃你的房間，因為你房間不是真的很乾淨。」

大家都笑了。

阿莫瑞說：「那是什麼啦，很酷，不過那不是真正的翻譯，所以你們可以不要再繼續開這個玩笑了。」

荷莉說：「我猜我們可以，不過……不是真的。」

阿莫瑞也一起笑了，他再次開始講話。說不定二十年後他會當上紐約市市長，而我們都會是他的聽眾。他對自己所說的一切非常肯定，就像他這輩子都有個人在他旁邊說：「你說得對，阿莫瑞。你真聰明啊，阿莫瑞。你太帥了，阿莫瑞。」

「我媽和她的『女孩們』在上飛輪課，」他一邊說一邊用手指做出引號的手勢，「她們都成人了，可是我媽還是叫她們『女孩們』。每個星期六她們都會去上飛輪課消耗卡路里，然後去吃早午餐。我一直不懂，為什麼要坐在一臺腳踏車上好幾個小時，再去吃鬆餅、香腸、蛋、培根，還有所有印在菜單上的東西？她們簡直瘋了，直接去吃就好啊！我星期六就是那樣度過的，跟她們吃早午餐。」

艾胥頓說：「你們知道還有什麼事很扯嗎？為什麼大人總是告訴彼此他們看起來有多年輕，小孩子卻總是想要趕快變成大人。所以我們九歲的時候會謊稱自己十歲，十二歲的時候卻說自己是十三歲。」

「可是大人也會說謊。」阿莫瑞說。

提亞哥說：「事實是，我媽的三十歲維持了……嗯……十年！」

荷莉說：「我媽也是，而且千萬不能讓她看到白頭髮，她一看到白髮就像看到鬼一樣尖叫個沒完。然後會滿屋子跑，到處找鑷子拔白頭髮。」

艾胥頓笑了，「皺紋也是呀，我媽會說『噢，我的天呀，艾胥頓，請告訴我你沒看見我下巴的皺紋』。我當然看見了，那條皺紋的長度就像一條河耶，可是我只說『咦，我什麼也沒看見』。」

阿莫瑞說：「你那樣做是對的，說出來還得了啊！」

每個人都點頭同意。我不曉得任何跟媽媽還有皺紋有關的事，可是我知道叔叔第一次看見自己頭上有白頭髮時，他回到房間關上門，用吉他彈了首傷心的歌，一連彈了好幾個小時。

阿莫瑞說：「反正啊，我和我爸開始往河堤走。他跟我說『莫兒，我想跟你開門見山的談』。」

「我問他『什麼』？因為那樣很怪。我是說，我和我爸本來就是開門見山的講話，沒什麼拐彎抹角的。」

「他跟我說『你現在五年級了，時間過得這麼快，我都沒發現時候已經到了』。」

「他那樣講的時候，我忍不住笑了，我上次坐在他腿上至少是兩年前的事了。」

「然後我爸說『這個國家有點瘋狂，我知道這不過是路上的一條小縫，可是我要你知道，有些事你已經不能再繼續做了』。」

「那時候我的反應大概是『哪些事』？因為我一直以為年紀愈大可以做的事情就愈多，而不是相反。」

「他說『例如你不能再帶著那把水槍在遊樂場上到處跑，那把樂福槍也是，還有去年舅媽給你的那個小小的鑰匙圈亮光槍？就連把那個東西放在口袋裡都不行』。」

「我爸還說『你懂我的意思吧，莫兒』？」

「我只能點頭同意。我氣炸了，氣到根本不想看他。」

阿莫瑞看著我們。我知道他在講什麼，我看過報紙，也聽荷莉的爸媽講過有個男孩因為玩玩具槍死掉的事。荷莉的媽媽說，如果這名男孩是個白人，就不會發生這種事了，荷莉的爸爸也同意。

「在公園開槍射了那個小孩的警察，根本沒有開口問他任何問題，」阿莫瑞說：「他們進到公園，然後直接開槍射他。等他大姊試圖跑向他時，他們甚至不讓她去找他。」

「他們為什麼不讓她過去？」艾胥頓看起來很驚訝，感覺這是他第一次聽到這個故事。

阿莫瑞聳了聳肩。「我不曉得，」他說：「這太扯了。我姊今年十七歲，假如有任何人敢用奇怪的眼光看我，她會抓狂的，她就是這麼在乎我。當我聽到那個男孩和他姊姊發生的事情時，身體裡有個東西翻湧上來，讓我想去搥牆，或是做出更嚴重的事。那個男孩有可能是我、埃斯特班，或是提亞哥……」

「或是我。」艾胥頓說。

阿莫瑞沒有回應，他表現得像是沒有聽見艾胥頓說話，繼續說他自己的。

「反正我媽本來就不喜歡我玩槍，」阿莫瑞繼續說：「我知道玩槍的日子本來就沒剩多少天，可是我不曉得這一天會來得這麼快。你們懂吧？就像抱抱一樣啊。感覺就像是某天早上醒來，抱抱這件事就變得太老套了。可是玩槍又不老套，在炎熱的天氣裡玩水槍，是全世界最棒的事。」

提亞哥說：「沒錯，在你全身發燙的時候，有人不曉得從哪裡閃出來對你射水槍？你會氣炸，可是我得說，那是最棒的，兄弟。」

「就是這樣。」阿莫瑞和提亞哥互碰了一下拳頭。

「艾，還有你那把樂福槍，」阿莫瑞說：「那把可以射……五十英呎遠，威力驚人。」

艾胥頓說：「對啊，你記得我們是怎麼射掉樹上枯黃的葉子嗎？」

阿莫瑞點了點頭。「我們就……碰碰碰！」

「我們很認真的瞄準射擊。」艾胥頓說。

他們兩人安靜下來，我可以從他們臉上看出他們回到了那時候的公園，用他們的樂福槍瞄準枝頭。

「不是針對你唷，艾胥頓，但你還是可以帶著那把槍去那個公園，不必擔心被殺。這實在很爛。」

「沒關係啦。」艾胥頓這麼說，卻咬住自己的下唇。

荷莉說：「我不喜歡槍，我從來沒在真實生活中看過槍，也永遠不想看到。」

「沒有人在講真槍啦！」阿莫瑞回答。然後，他看著艾胥頓說：「艾胥頓，你……是我最好的朋友之一，你知道吧？」

艾胥頓點頭同意。「你也一樣。」

「可是那個男孩被殺了，然後我爸說我不能再玩槍，那讓我恨你。」

「可是我又沒有……」

「不是你，我的意思是，我不恨你。我不知道該怎麼說啦。」

我說：「我知道，那不公平。你是男生，艾胥頓也是男生，他卻可以繼續做你不能再做的事，這不公平，不自由。」

阿莫瑞點了點頭。「小紅說得對。只要你想，就可以玩你的樂福槍，無論在哪裡玩都行，沒有警察會衝過來對你開槍。」

阿莫瑞不再說話，他帶著錄音筆站起來，走到窗邊，然後用慢動作，用沒有拿錄音筆的手比出槍的模樣。他伸直手臂，瞄準外頭。

「那些警察射中那個男生的肚子，」他說：「用真正的子彈，不是會彈開的軟子彈。那個男生倒在遊樂場上，然後死了。」

阿莫瑞繼續用他的槍瞄準窗戶，他的聲音變得很低沉。「也許在有風的日子裡，鞦韆會繼續擺盪，發出那種沒人坐在上頭卻持續擺動的悲傷哀鳴。那個男孩應該要跑來跑去的玩耍，從那些鞦韆上跳下來。每次我從鞦韆上跳下來，都感覺自己在飛耶，感覺真的好自由喔。那個男孩應該要有那種感覺的，他不應該感覺自己快死了，他應該要感覺自己自由自在才對呀。」

16

現在是下午三點十五分，我們能聽見其它學生穿過走廊、離開學校的聲音，可是沒有任何人有動作。走廊上安靜下來，我們像是唯一留在校舍裡的人。

艾胥頓低頭看著自己的手。

阿莫瑞把錄音筆還給我，然後把他的畫冊和筆放回背包，我則是把錄音筆塞回背包裡。

門發出嘎吱的聲響，拉雯老師走了進來。她的臉上掛著小小的微笑，那種大人的微笑，意思是：看吧，我就知道這樣是對的。可是她看見我們沒有一個人露出笑容。

「一切都還好嗎？」她問。

一開始我們什麼話也沒說，後來阿莫瑞回答：「我們很好，我們快要講完了。」他的語氣聽起來好大人。

「好吧……」拉雯老師似乎有點疑惑。「最慢請在三點半以前離開，週末愉快。」

我們全部跟她說了再見，然後一直等到門「喀噠」一聲關上為止。

「我覺得你爸爸這樣很不公平，」艾胥頓說：「那只是在玩而已。再說，樂福槍是橘色的，看起來根本不像真槍或是其他東西。」

「那個被殺的男孩也是拿玩具槍啊，」阿莫瑞說：「我爸說這就像是……我們從出生那天就成為嫌疑犯了。」

阿莫瑞和艾胥頓看著彼此，他們兩個人都氣炸了。

荷莉說：「對啦，那些我們在新聞上連看都沒看到的其他小孩，就像我表哥，他騎腳踏車的時候被攔下來，還被銬上手銬。他才十三歲耶，他只不過是在騎腳踏車，可是那些警察說他跟另一個騎車小孩提供的描述吻合。有多少黑人小孩在騎腳踏車啊？很多吧！」

「我表哥強納森也遇過類似的事耶，」提亞哥說：「他住在布朗克斯，他和他的男生朋友一起混的時候，有個警察推了他一把。他們在范可蘭公園附近的別墅閒晃，那個警察說他們不住在那裡，可是他有個朋友真的住在那邊。那個警察還說他們太吵了，可是他們是青少年耶，當然會很吵啊。」

荷莉說：「對呀，去找安靜的青少年給我看啊。」

阿莫瑞說：「還有那個有氣喘還被他們弄得喘不過氣的傢伙，和那個被一群警察痛扁的傢伙呢，要不是他們用手機錄下來，不然根本就沒人知道。」

艾胥頓說：「那可能會發生在任何人身上，不只是……黑人還有波多黎各人啊。」

阿莫瑞站在那裡看著艾胥頓一分鐘，然後他只是搖了搖頭，把背包背在肩上。

「告訴我，哪一次那種人看起來像你，艾胥頓。」

「我還是覺得……」艾胥頓開口說話，不過阿莫瑞沒有等他說完就直接離開了，連揮手道再見也沒有。

17

熟悉的事物。你走在熟知的土地上，河流、海洋與幽深的森林都屬於你。這裡是萊納佩宏科，是你的家。你認識從泥土上走過的每一種動物腳印——鹿、浣熊、兔子、熊。你知道松樹的氣味，懂得樹皮有哪些療效。

可是有一天，水面來了一艘船，然後一艘接著一艘，你很快就明白船上的人心懷不軌。你身後的孩子在玩丟石子之類的遊戲，你身後的母親和祖母把一張動物的皮毛刮乾淨，在陽光下晒乾。一個嬰兒睡在有遮蔭的搖籃裡，就這樣掛在樹上。

你看著、聽著女人告訴彼此的故事，她們的閒話懸在風中，在這片大地上流動，而這片大地是你的大地。

人們靠得更近了，他們舉起槍。很久很久以後，這些人的故事將埋葬你們。

你會保護我嗎？

「你會保護誰？」拉雯老師問我們。

當阿莫瑞背著背包離開教室，艾胥頓低頭看著自己的手時，我想到了這個問題。

18

那天下午，荷莉的媽媽琪拉來學校載我們。我們爬進車裡的時候，她正在講電話，她的辮子從座椅背後垂了下來。

「妳有沒有帶……」荷莉還沒問完，她媽媽就舉起我的睡袋，然後把手指放在脣邊。

我盯著琪拉看了好多次，好奇媽媽看起來跟她像不像。我僅有的那張媽媽的照片上，媽媽和爸爸正從某個人的車上走下來。媽媽穿著長長的白外套，頭上戴著帽子，爸爸則是穿著T恤和牛仔褲。她的手垂在背後，我能看見她的手指——長長的深棕色手指，指甲塗成亮紅色。

我和荷莉塗過幾次指甲油呢？一百次？一千次？每次我伸出手時，都希望自己的手能變成媽媽那深棕色、亮紅色的手，每一次。

可是我沒辦法。到了秋天，我的皮膚就會開始褪回淺棕色，手臂內浮現出藍色的血管。可是一到夏天，我的膚色又會深到讓陌生人問：「妳是什麼人？」這個我討厭的問題。「告訴他們，妳是地球人，」荷莉總是這樣說：「然後問他們：你們是什麼人？」

「今天有什麼好事嗎？」琪拉終於講完電話，她準備好要開車了。

「沒有。」我還來不及開口，荷莉就回答了：「我們可以吃披薩嗎？」

車窗外，我看見艾胥頓自己一個人走在路上，他的手插在口袋裡。一個年紀比較大的男生靠近他，拍了拍他的後頸，另一個男生也做了同樣的事，然後又出現另外一個。那些男生都在大笑，我看著艾胥頓沉到自己體內更深的地方，他皺著眉，試圖拍掉他們的手。我想要跳到車外跑過去幫他，可是我們已經駛離人行道了。艾胥頓走到轉角時跑了起來，說不定他會就這樣一路跑回家。

「妳看到了嗎？」我問荷莉。

「看到什麼？」

「沒事啦。」

「我們可以買諾斯特蘭那邊的披薩嗎？」荷莉跟她媽媽說：「我不喜歡其他家的味道，雖然妳跟爸喜歡，但我不喜歡。」過了一分鐘後，荷莉又說：「海莉也不喜歡。」

「我都可以。」我說完，繼續看著窗外。

那種動作叫做「摟脖子」。在很久以前，摟脖子是「親吻」的意思，可是現在不是了。現在的意思是跑向某個人，用力拍打他們的脖子。為什麼同一個詞彙曾經用來形容兩個人相愛，後來卻用來形容這麼殘酷的事？

我回想起某幾天艾胥頓早上進教室的時候，他的脖子看起來好紅，紅到就像是晒傷了。

荷莉說：「還有，我來選電影喔，這次我會選很棒的。」

她媽媽說：「不准選限制級的喔，也不准在我睡著後偷看限制級電影。」

熟悉的事物。你計畫著要看什麼電影，豎起衣領遮住脖子上的傷，坐著看向窗外回憶爹地，你把樂福槍收起來——也許是永遠。你走進不熟悉的事物裡。

車子開過棕色石磚和公寓住宅，位在轉角的酒莊櫥窗標誌上寫著：我們接受電子支付，內有提款機。熟悉的事物。

我們學校的白人小孩不多，幼兒園和一、二年級有一些，可是五、六年級連一個也沒有。艾胥頓是我們教室裡唯一的白人小孩，除非你把混血的我算進去。

琪拉說：「今天晚餐我自己煮，而且我們要整理一下海莉的頭髮。」

我抬頭時，剛好看見荷莉翻白眼。「我覺得她的頭髮很好呀，媽。」

我們都知道她說謊，因為這樣一來我們才能快點進入今晚看電影的階段。

叔叔一直不擅長打理我的頭髮，雖然紅髮遺傳自我爸，但捲髮和頭髮打結得歸因於我媽。叔叔看了有關頭髮打結的影片，還買了應該能讓我頭髮變好梳的產品。他發現細齒梳過不了我頭髮這一關，而寬齒梳只能在我頭髮還溼的時候才能成功。我五歲的時候，他跟一個黑人女朋友交往了大約三個月，我發誓他們是因為她沒辦法幫忙搞定我的頭髮而分手的。回想那個時候，我記得那個女人的頭髮幾乎剃得精光，那應該能提醒叔叔頭髮不是她的強項才對。

後來有一天，在我和荷莉成為朋友以後，琪拉在校園裡走向叔叔。

「我可以幫忙整理你女兒的頭髮喔。」她說。荷莉站在她的身邊，頭髮是梳得整整齊齊的玉米辮。

荷莉說：「媽，那是她叔叔，不是她爸啦。」

從那個時候開始，我星期五晚上大部分都在荷莉家過夜，有時候叔叔也會挑那幾晚出去約會。小時候我很怕他會愛上哪個人，然後離開我，更糟的是她們會搬進來，試圖變成我媽。不過那種事從來沒有發生，現在我也不會有那樣的感覺了。在某些日子裡，我能看見叔叔臉上的寂寞，聽他用吉他彈奏悲傷的情歌，看他望著街上其他情侶的模樣，我真希望他能墜入情網，希望他能找到幸福快樂的結局。

「妳還好嗎？」琪拉透過後照鏡問我，她看起來很擔心。

「我很好。」我對她微笑。

「妳怎麼會不好？」荷莉說著突然伸手用力抱緊我。「今天是星期五耶！」

「喔耶！」我們一起歡呼，就像我們以前度過的許許多多個星期五一樣。

荷莉說：「我有一罐新的指甲油可以試擦喔，它叫皇家紅寶石。」

我說：「酷。」也許那一罐就對了。

19

叔叔告訴我媽媽是怎麼死的那一天，我六歲。

那是個冬天，我們倆在公園裡，身旁有個隧道型溜滑梯，彎彎曲曲的就像是一條蛇，讓孩子們滑過一條黑漆漆的通道。很多小孩溜的時候都會重重落地，他們被爸媽拉走時，眼裡都含著淚水。可是我不一樣，我喜歡那個溜滑梯——通到頂端的陡峭金屬樓梯，你得站到上頭，把腿先放下去，然後你的身體像是被搶走似的被扯入黑暗，最後再回到冬日明亮的陽光下。

叔叔稱它為「唯一的時光」——你可以一次又一次的反覆做某件事，然後在那唯一的時光，所有的一切都出了差錯。我爬到溜滑梯最頂端，把腿放到滑道上溜下去。隧道把我吸進黑暗裡，我快樂的尖叫著溜到最底下。公園那時幾乎空無一人，可是那天，在我滑行穿過隧道時，另一個小孩騎著滑板車快速衝向溜滑梯。他的塊頭很大，就像一面牆一樣厚實。叔叔比我早看見那個小孩靠近溜滑梯，我快速往前衝，正好在那小孩要加速經過時進入陽光下。我們頭部相撞，骨頭斷裂還流了血。在疼痛、暈眩和我自己的尖叫聲中，我聽見叔叔呼喚我的名字，叫我保持清醒。他的聲音低沉、嘶啞又充滿悲傷，就這樣融入我的痛苦之中。可是叔叔後來就不是在叫我的名字了，他在叫貝芮。他說：「貝芮，貝芮，拜託妳不要有事。」

貝芮是我媽媽的名字，那是貝芮兒的簡稱，也是貝芮兒·李的簡稱。那個時候，叔叔設法讓我從尖叫的男孩和旋轉的車輪中分開。在一團混亂中，我看得見人們臉上驚訝的表情，也聽得見男孩在哭的聲音，還看得到有個女人跪下來抱著他。

「妳沒事的，貝芮，」叔叔說了一次又一次，「妳會活下來的，妳會沒事的。」那是我第一次也是唯一一次搭救護車，我不曉得救護車是怎麼到那裡的，但是我在救護車裡，刺耳的警笛，叔叔嘶啞的聲音，明亮的光線，還有另一個人——也許是醫務人員吧——在我們周圍走來走去。在前往醫院的路上，我試著告訴他我不是貝芮，可是我的手臂和頭痛到讓人難以說話，就這樣在公園和醫院之間的某處昏了過去。

等我醒來的時候，已經置身在病房裡，外頭一片漆黑。我的手臂從肩膀到腰部都打上了石膏，耳朵上還纏了厚厚的繃帶。

「妳耳朵後面縫了十六針，」叔叔說完彎腰親了親我的頭，「妳是溜滑梯災難隊的士兵。」

「我不是貝芮。」講話讓我覺得很痛，話語敲擊著我的腦袋。

叔叔靠向我。「妳不是什麼？甜心。」

「不是，」我說的話既平靜又緩慢。「我不是貝芮。你，你之前一直叫我貝芮。」石膏裹得又厚又緊，燈光在牆上閃爍，醫院內的通訊設備一直在呼叫醫師，房裡的味道聞起來就像叔叔在藥櫃裡存放的酒精棉片。我說：「你叫我貝芮，可是我是海莉。」

叔叔坐在我旁邊的椅子上，他把身體往後靠，眨著眼睛，直到眼裡出現淚珠。他用另一隻手抹掉眼淚，接著又繼續眨眼睛。

他說：「貝芮，我們是那樣叫貝芮兒的。」

「我媽嗎？」我試著坐起身，可是卻感覺到有誰的大手又推我躺回去。他又親了親我的頭，然後把臉頰靠在我的頭頂。「我好害怕，就跟她死的那個晚上一樣怕。」他說。

叔叔和我有兩個約定：不能說謊，不能閃避問題。如果我們之中有人問了問題，另一個人就必須回答，不能閃避問題或是轉換話題。「戰爭就是那樣發生的。」叔叔說，家庭戰爭也一樣。

「她是怎麼死的？」我問。

叔叔說：「車禍，在妳三歲的時候。妳一點也不記得了嗎？」他的語氣聽起來很驚訝。

「我記得她會唱歌給我聽，關於夏天的歌。」我說。

叔叔保持靜默，一直很溫柔的撫摸我的頭，不過他停了下來。我真希望他繼續摸。

「關於夏天的歌。」我又說了一遍。我很想睡覺，我的頭又開始痛了。「我得睡在這裡嗎？」

「只有今天晚上而已。」叔叔的聲音聽起來像是他又想哭了。

我的嘴巴又熱又乾，叔叔給了我一杯水，協助我喝下幾口。疼痛的感覺穿過我的手臂，我痛得都快瘋了，它就像火焰一樣，又燙又銳利。

「那個孩子弄破我的衣服，還弄斷我的手臂。」我說。

「他不是故意的。」

「我知道。」

我們聽著醫院的聲音，什麼話也沒說。有人在叫某某醫生，某個地方有個小孩在哭，有個護士用跑的經過我的病房。

「爸爸會永遠待在監獄裡嗎？」我用很睏的聲音問。

「不會永遠。」

「可是等他回家，我可以繼續跟你一起住嗎？」

「我們還有時間慢慢想，海兒。」

我把叔叔的手拉回我頭上，他繼續撫摸我的頭，直到我睡著為止。

20

十一月中，天氣變冷，學校調高暖氣的溫度，暖氣爐的嘶嘶聲也變得更大了。我們都在流汗，可是艾胥頓完全沒有拿下那條他一直掛在脖子上的圍巾。前一天，他還在制服襯衫裡穿了高領毛衣。他搬動了他的桌子，坐在圓圈外，跟阿莫瑞離得遠遠的，可是他們還是一直看著彼此，好像有什麼話想告訴對方，只是沒辦法說。

我拿出錄音筆，按下按鍵。

「我不想要妳錄我的聲音。」艾胥頓說。

「那你就不要說話啊。」我還沒開口，荷莉就說話了。上個星期，她帶了棒針和一球紫色毛線到學校，她坐在那裡，棒針喀嚓喀嚓作響，方形的紫色毛線愈來愈接近三角形。荷莉的奶奶過世前曾教過她打毛線，我只見過她奶奶一次。奶奶的個子很高，有深棕色的皮膚和銀白色的頭髮。她是三年前的十二月過世的，所以每年只要一靠近十二月，荷莉就會開始打毛線。她說她不是那麼喜歡打毛線。

艾胥頓變得很安靜。

「我今天沒有要錄任何人的聲音，」我說：「這沒什麼大不了的。」

「我的意思是，我想像其他人一樣被記住，」艾胥頓說。他的眼睛一直看著桌子的扶手，用他的大拇指和食指在上面畫圈。「可是我也不想被記住。」

「我不懂你在說什麼，艾胥頓。」阿莫瑞有點生氣，他剛剛正在畫冊裡畫圖。我看不到他在畫什麼，他跟往常一樣，用左手臂遮住了圖畫。他的手肘旁放了一堆彩色筆。「你只能想，或是不想。」

艾胥頓的視線越過他。「我不想被記住說錯的話。」

「拉雯老師說我們在這裡不會說錯任何話，她說我們什麼話都可以說，沒有人會評論我們。」埃斯特班說。

阿莫瑞咒罵了一句，然後很做作的抬頭笑了一下。「看到了吧？我可沒有被雷劈。」說完，他又回頭繼續畫圖。

「我不會說槍有多爛這種話，」艾胥頓說：「我的意思是，所有事情都得跟黑白對立有關嗎？我是說，如果人們不要再講種族歧視的話，它會不會就此消失呢？看看坐在這裡的我們，每個人都代表著一切，我們也都在一起，沒有人在爭執或是對彼此很壞。」

阿莫瑞停止畫圖，然後搖了搖頭。「你就是不懂。」

「我也懂啊。」艾胥頓說：「阿莫瑞，第一次遇見你以前，我甚至沒有想過自己是白人這件事。你還問過我是不是有白化症，我敢打賭你不記得這件事了。」

「我記得。」阿莫瑞說。

「那時候我連白化症是什麼意思都不知道耶。」艾胥頓說著，把額頭上的頭髮撥開。

阿莫瑞說：「那就是問題點，就像我說的，你就是不懂。」

「那不公平，阿莫瑞。那時候我不懂，可是我知道我不喜歡它聽起來的感覺。而且我很氣，因為我覺得你們這些傢伙在嘲笑我。」

阿莫瑞說：「我們又不認識你，為什麼要笑你？你為什麼會覺得那是……覺得我們是那種小孩？」

「因為小孩都是那樣。」艾胥頓說。

「不是所有小孩都那樣，我們就不是。」

教室內安靜下來，我感覺電暖爐的嘶嘶聲停止了，就連荷莉的棒針也不再喀嚓喀嚓作響。

「我知道你們幾個不會那樣，」艾胥頓看著阿莫瑞，「你還記得你問我是不是白化症的時候，我是怎麼回答的嗎？」

阿莫瑞點頭說：「記得，你好像說『不是，你是嗎』？然後我說『我怎麼可能有白化症還這麼黑』？」

阿莫瑞又開始繼續畫他的圖，可是他微微的笑了一下。「我當然記得那天。」

「可是我不知道你記不記得這部分。」

阿莫瑞再度抬頭看他。「哪部分？」

「你跟我說『不過我們很酷，兄弟。一切都很好，我是阿莫瑞』。你的聲音好像打中了什麼……我不曉得啦，老兄，那聽起來非常友善。」艾胥頓指著自己的胸膛，「我覺得自己激動得想哭。」

「因為某種原因，你那樣說的時候，我變得比較不那麼想念我們留在康乃狄克州的一切了。你知道的——我們的房子、我們的街道、我的外婆、我的學校、我的朋友們，還有所有的一切。那時候，情況感覺不那麼困難了，只因為你說『一切都很好，我是阿莫瑞』。」

阿莫瑞說：「對呀，我記得，我當然記得。」

「你記得？」

「對啊，我們就是在那時候變成朋友的。」

「對啊，」艾胥頓說：「我知道。」

他們看著彼此，彷彿我們不在身邊，他們回到了小時候的那一天：他們站在校園裡，九月的陽光灑在身上，周圍都是跑來跑去的小孩。他們頭上的旗子被風吹得獵獵作響。「一切都很好，我是阿莫瑞」這句話落到他們身上，如同雪花般輕柔又友善。

21

「我還有一些話想要講，」艾胥頓告訴我們，「海莉，我不介意妳錄接下來的話。」

我打開錄音筆，埃斯特班坐在窗邊看著我們，看著我們每一個人。荷莉站起來擠到他身邊，他往旁邊挪了一下，讓出位置給她。

艾胥頓慢慢解開纏在脖子上的圍巾，在他脖子的某一側，我們可以看見有人用力拍打他脖子的指印，這些指印讓人不由得去想它們究竟是屬於誰的手。

我嚥了一下口水。

「學校裡有一些人不是那麼好，」艾胥頓說：「那些人叫我鬼馬小精靈、切片麵包、鬼男孩、白臉的，還有其他我連講都不想講的名字。」

阿莫瑞抬頭往上看，他的眼睛瞇成一條線。

「誰那樣對你？」

艾胥頓聳了聳肩。

「不行，兄弟。告訴我，是誰做的？」

提亞哥說：「沒錯，是誰那樣對你？」

艾胥頓輕聲說：「有些八年級的，我不認識他們。他們只是為了耍笨和大笑吧。」

阿莫瑞說：「不必打人也可以耍笨和大笑，那是在惡搞。」

「我知道，」艾胥頓輕輕的碰了碰自己的脖子，「我說出來不是要怎麼樣，只是事情就是這樣。就像在學校餐廳有時候會有人嘲笑我們，不是嗎？我們才不在乎。」

荷莉說：「我在乎，我知道我不該在乎，可是我在乎。」

提亞哥說：「我也是，我恨透這種事了。」

「是啊，可是如果我們說了什麼，他們只會笑得更誇張。」

❊

艾胥頓說得對。

我們和其他人不一樣，可是在大多數的日子裡，我們都相信拉雯老師說的話，她說我們有多特別、多聰明、多善良、多美好——說很多成功的人都有不同的學習方式。

在某些日子裡，這些東西會影響我們。就像現在。

「他們在哪裡堵你，兄弟？」阿莫瑞問。

艾胥頓再度聳了聳肩。「在學校外面。」

我們再度安靜下來。

「你們知道校園中間那根很大的旗杆嗎？」艾胥頓說：「在旗杆頂端的是

旗子？」

他看著我們每一個人，我們全都點了點頭。

「嗯，我到這裡的第一天，抬頭盯著那面旗子心想：這在全美國都一樣。整個美國的小孩在走進校園和教室時，美國國旗都在對他們招手。整個美國的小孩都在念效忠美國的誓言，說著『不可分割，自由平等全民皆享』。行遍整個美國，我們全都背了這句話，可是有任何人知道這句話的意思嗎？」

阿莫瑞說：「不，不完全，至少以前不知道。」

「我也不知道，」艾胥頓說：「可是它給了我們一種共同性。我站在校園裡，抬頭看著那面旗子，然後感覺到了什麼。不只是一個新生，不只是一個白人小孩，我感覺自己是……所有在美國奔跑、跳躍，還有玩耍的孩子中的一分子。這不只是在我們的校園裡，我的意思是——在所有地方。」

「我知道……沒錯，就像……全國成千上萬的小孩都穿上他們的新制服，為了第一天上學興奮得不得了。」荷莉說。

艾胥頓說：「對，就像那樣！可是我第一天到這裡的時候，幾乎每個小孩的皮膚都帶著某種程度的棕色。我從來沒有看過這麼多棕色……還有黑色的人。」他的聲音有點顫抖，就像他不確定這次自己有沒有講錯話。「這麼多非裔……美國人。」

「還有拉丁裔，別忘了我們。」提亞哥說。

「老兄，你是棕色的，他已經講到你啦。」阿莫瑞說。

「還有淺棕色，很淺、很淺、很淺、很淺的棕色。」荷莉說。

艾胥頓說：「我不是要說種族歧視的話，那只是在說我記得的事情。在那天以前，我連想都沒想過自己膚色的問題。甚至在我遇到你以前，阿莫瑞，我感覺每個人都在瞪著我看。」

「你夠幸運了。」荷莉說。

「有什麼好幸運的？」

「因為這間教室裡除了你以外的每一個人，早就已經想過這件事了。意思是，我們在更早以前就想過了。你有那種置身事外的感覺？就像你不是大家的一分子？這個嘛，有一大群人每天都有那種感覺。」

阿莫瑞和埃斯特班點了點頭。

「這是真的，」提亞哥說：「就像人們有時候只因為我有口音就看著我的模樣，還有阿莫瑞和槍的事，還有埃斯特班和他爸——每個人都是。」

「就連我也是，人們第一眼看到的就是我的頭髮，然後他們就會看看我的膚色。」我說。

「接著他們會問『你是什麼人』？」荷莉說。

「你有白皮膚通行證，艾胥頓。從以前到現在。」

「我聽見妳的話了，可是我從來就沒要求過什麼通行證。」艾胥頓說。

「你不必要求，可是我只能說，歡迎回家。」荷莉說。

艾胥頓看起來很困惑，直到荷莉對他露出微笑。

「你現在是我們的一分子了。」

艾胥頓靠在他的椅背上，然後慢慢的露出了微笑。「對，我現在是我們的一分子了。」他說。

「我們俱樂部，」阿莫瑞說：「會員資格有點混淆不清，不過誰管他呀。」

「不過我有個問題。」提亞哥說：「你們家到底為什麼要大老遠的從康乃狄克州搬來這裡啊？我們家開車到康乃狄克州那次，花了好幾個小時耶。那裡很漂亮，可是我才不想開車開那麼遠。而且我媽還不讓我們玩電動，她說『不行，我們來聽有聲書』。聽好幾個小時耶！」

「真不公平！」阿莫瑞說。

「你在說什麼呀，你喜歡看書啊，阿莫瑞。你一直都在看書，除了到這裡來的時候以外。你在這裡畫畫，可是在教室的時候你都在看書。」荷莉說。

「對啊，我知道。妳表現得好像那是什麼大新聞。」

「那你還說不公平？」

「我沒有抱怨書的事啊。我跟我兄弟說那爛透了，是因為明明可以同時打電動還有聽書，不必只盯著窗外看。這兩件事完全不衝突啊。」

「就是說啊，我就是試著那樣告訴我媽。」提亞哥說。

「看吧……」阿莫瑞對荷莉翻了一個白眼，「無所不知小姐還以為自己什麼事都知道咧。」

「我跟提亞哥一樣想問，你們為什麼要大老遠的從康乃狄克來到布魯克林？」阿莫瑞說。

「我爸在康乃狄克州丟了工作，他大學時代認識的朋友，給他一份在布魯克林區管理關鍵食品連鎖超市（Key Food）的工作。我那時候連關鍵食品是什麼也不知道，我猜康乃狄克州也有啦，可是我們住的地方沒有。」

阿莫瑞說：「歡迎來到布魯克林，我們很高興你降落在這裡。」

我記得那天沒事教室的每一個人是怎樣靠近彼此的，不過比那件事更凍結在我心中的，是在同一天後來發生的事。艾胥頓、阿莫瑞、埃斯特班和提亞哥一起離開學校，四個人並排走在一起，近到他們的肩膀都碰在一起了。我和荷莉走在他們後面，這是雙層人牆，用來對抗在校園外面等著摟脖子的那些人。三個八年級生瞪著艾胥頓看，不過後來他們慢慢向後走，遠離我們六個人。那三個長得很高的八年級生，眼光從阿莫瑞看到提亞哥再看向艾胥頓，接著繼續看向我和荷莉。然後，他們快速轉身離開，走得非常快，遠離我們所有人。

22

我們第一次看到埃斯特班微笑。他再度展露笑容是十二月的事，這都是因為一首詩。前一個星期四的夜裡，他接到爸爸的信，他爸爸還待在佛羅里達州的拘留中心。

埃斯特班說：「至少他還在這個國家，雖然他在很遠的地方。」

「而且他沒事。」我說。

荷莉說：「還可以啦，那比什麼消息都沒有好，對吧？」

埃斯特班已經從窗臺上下來，和我們一起坐在圓圈裡。他打開爸爸寄來的信，那封信寫在黃頁記事本上，埃斯特班小心翼翼的拿著，我們靠近他，跟他一起看信的內容。他爸爸的字小小的、很嚴謹，每個字都寫得清清楚楚，看起來就像是用打字的。

「他寫了一首詩給我，」埃斯特班說：「他說現在有時間寫東西了。他說寫東西的時候，感覺就像和我們一起回到了公寓。」

「誰也不許碰喔。」他說。

我們全都把手放在腿上，就連荷莉也放下了棒針。

「沒問題。」阿莫瑞說。

我說：「我也是，可是，你至少可以把信念給我們聽吧？」

「信是用西班牙文寫的，」埃斯特班說：「可是我翻成英文版寫下來了。因為將來有一天，我要當他的翻譯。你們知道那是什麼意思，對吧？」

我們點了點頭，埃斯特班很興奮，還是忍不住自己解釋了。「我要把他所有的詩都用英文重寫，我們要在多明尼加和美國賣書。」

接著，埃斯特班清了清喉嚨，開始朗讀。

他們來找我的時候，我對他們舉起雙手，
讓他們在我的手腕銬上手銬。
我沒有抗爭、沒有大吼。
他們把我壓進廂型車的時候，
有人也說著我們的語言——
一種屬於陽光與海洋的美麗語言，
一種鳥類與梅倫格舞的語言。
我們在廂型車裡靠向彼此，
認識一些家鄉的人。
永遠要銘記在心，
只要跟你的同胞在一起，你就回到家了。

埃斯特班念完詩，很小心的把信放回他的筆記本裡，再很小心的把筆記本放回包包。

我一直盯著自己的手看，有顆石頭哽在我的喉嚨，我感覺就快要噎死了。我又看見爸爸的頭被壓進警車，那時候他哭了嗎？他有往我的方向看嗎？他知道所有的一切已經不在了嗎？

我吸了一口氣，然後再吸一次，但是吸入的空氣卻不夠多。

我聽見阿莫瑞說：「海莉，妳還好嗎？小紅？」

我點頭回應，但頭還是垂得低低的。

「這首詩很美。」我感覺呼吸困難。

「他說會寫更多詩給我，」埃斯特班說：「他說會一直寫詩，直到我們再度相聚。」

「他是一位好詩人，」提亞哥說：「他讓我想起另一位詩人，拉雯老師念過的作品，他寫的那首詩跟空白的一頁還是什麼有關。」

「是阿拉爾孔，法蘭西斯科．阿拉爾孔[3]。」荷莉說。

我試著回想阿拉爾孔是誰，卻想不起來。我感覺頭好重，也許這就是人們所說的世界的重量。這個灰色的鬼魂會奪走你的呼吸和文字。

「妳怎麼記得住那個名字？」阿莫瑞問荷莉。

「因為拉雯老師講了他的名字一百次，而且還把名字寫在黑板上。我的天啊，你怎麼會記不住。」

提亞哥說：「對呀，就是那個傢伙。」

「他保證會寫更多詩給我。」埃斯特班說：「我會用英語和西班牙語來念，因為這首詩是為兩種語言所寫。」

阿莫瑞說：「超潮的，用各式各樣的美國話來讀那些詩。」

當我終於抬頭看的時候，埃斯特班正在微笑。

3 美國詩人（Francisco Alarcón, 1954-2016），以英語、西班牙語和納瓦特語寫詩。

23

外頭的太陽正緩緩落下，我聆聽叔叔拖著行李箱走過頭頂上的地板，一如我聆聽埃斯特班朗讀他爸爸的詩。埃斯特班在錄音筆裡的聲音小心翼翼又清晰，我想像他和他爸爸一起在沙灘散步，想像他們一起寫書，埃斯特班幫他爸爸找出英文字，他爸爸則寫出他看見的世界。在樓下的爸爸停止彈奏鋼琴，我聽見他在廚房裡四處移動，從櫃子裡拿出鍋子，聽見一罐氣泡水被打開的聲音。

他們來找我的時候，我對他們舉起雙手，
讓他們在我的手腕銬上手銬。我沒有抗爭、沒有……

敲門聲響起，叔叔站在門邊微笑著，手上拿著一件亮橘色的襯衫。

「我還以為妳會幫我打包呢，這件要怎麼辦？留著還是丟掉？」他問。

「襯衫要丟掉，可是你應該留下來。」我轉身面向窗戶，錄音筆現在靜默無聲。

「拜託，海兒，我最愛的姪女。」

「只是姪女而已。」

他走到我身邊，用手圈住我的下巴，溫柔的把我的頭轉向他。他的眼睛是灰藍色的，就跟爸爸一樣。

「妳爸爸已經回家多久了？」

「兩個月。」

「妳總共跟他講過幾次話？」

我聳了聳肩。「我們晚餐的時候會講話。」

叔叔搖頭說：「晚餐的時候妳是跟我講話。」

「可是你就像我爸呀。」

「可是我不是他，海莉。我不是我哥。」

我把頭從他手上移開，把玩我的被角。

「所有我沒有所有問題的答案，海莉，答案就是那個人——他就在樓下。他怕妳，就跟妳怕他一樣。」

我什麼話也沒說。

「堂弟堂妹。」

「什麼？」我抬頭看著他。

「妳不想要有可以給妳使喚的堂弟堂妹嗎？大頭堂弟，或是超可愛的小寶寶堂妹？」

「你在講什麼？」

「我愈早離開這裡，愈快有女士們靠近我，我也愈快可以找到對的人，盡快幫妳製造出幾個堂弟堂妹。」

「啊，真噁心，」我笑著說：「太噁心了，你講得還真是有夠具體的。」

他又拿起那件襯衫，看了它一秒，然後把襯衫拋到我頭上。「妳留著吧，我打賭穿在妳身上會很好看。」他說。

等我把襯衫從頭上拿掉，他已經回到樓上去了。

我關上門，按下錄音筆讓它快轉。跳過荷莉、提亞哥，還有更多阿莫瑞。接下來是我，我第一次講自己的故事。當叔叔在打包的時候，當爸爸在彈鋼琴的時候，我的聲音在沒事教室裡響起，不過現在是在我自己的房間裡……「我從來沒有跟你們說過，其實我爸在監獄裡。」

24

叔叔和我在車裡待了超過一小時，終於離開了城市。眼前的景象從高高的建築物縮水成樹木還有長絲帶般的乾枯野草。太陽還沒升起，萬物彷彿都被塗成黑色與深藍色。

那個溜滑梯的下午至今已經過了無數年，我的髮線延伸到右耳後方，有一個小小的Z字形疤痕。我舉起手，用手指拂過疤痕。叔叔說，當爸媽就意味著夜晚很長、日子很短。他說在其他人眨眼以前，小孩就長大了，他們打包行李繼續往前，可是有些事會留下。像是傷疤、那天溜滑梯的記憶、媽媽的指甲、我在錄音筆裡的聲音，還有埃斯特班的擁抱。

我一定是睡著了，因為再度看向窗外時，我們正經過紐柏茲出口，太陽也開始升上山巒。天空是帶著酒紅色的藍，我只看過這樣的天空一次，就是在我們開車去馬隆的路上。天空可以這麼多彩又美麗的感覺很奇怪，因為等你到了馬隆，所有的一切盡是棕褐色、灰色，還有黑色的鋼鐵柵欄和電線。

「你知道他們在佛羅里達州找到了埃斯特班的爸爸吧。」我瞪著窗外說。

「誰？」

「埃斯特班，我們班的同學！他是我朋友。他們抓走他爸啦，埃斯特班！」

叔叔瞥了我一眼，然後點點頭。「噢，沒錯，我記得埃斯特班是誰，」他說：「可是我不曉得他爸爸不見了。」

「可是我以為……」然後我想起來了，我當然沒有告訴過他，我們不告訴任何「沒事教室」以外的人在那間教室裡談過的事情。我們不斷的訴說，可是對象僅限於彼此。前一天，拉雯老師發現我們六個人坐在學校餐廳的角落，因為提亞哥模仿的一個角色哈哈大笑。埃斯特班把頭往後仰，簡直是笑翻了。我們全都靠得很近，近到可以碰到彼此的肩膀，荷莉的腿還壓在我的腿上。

「移民單位的人抓走他爸爸。」我用緩慢的速度跟叔叔說。

「噢，天啊，海莉，我都不知道這件事，真抱歉。我不敢相信布魯克林會發生這麼扯的事。」

我看著他說：「布魯克林也是美國的一部分。」我覺得好累，埃斯特班醒著嗎？他有再收到其他的詩嗎？他們知道後來發生了什麼狀況嗎？星期五的時候，他看起來像是前一天根本沒睡。他那一整天在教室裡幾乎都低著頭，我不曉得該怎麼告訴叔叔這些事而不感到難過，或是感覺自己是個連朋友都幫不了的蠢小孩。

「海兒，我真的很抱歉，」他又說了一遍，「他們接下來要怎麼辦？有什麼計畫？我應該跟他媽媽聯絡嗎？」

「他媽媽希望有律師可以做些什麼，可是他說他媽在打包行李，打包還有等待。」

我不想再討論這件事了，我感覺自己好像在背叛埃斯特班、背叛沒事教室。叔叔是大人，他怎麼會懂六個小孩在說什麼？除了我、提亞哥、荷莉、阿莫瑞、埃斯特班和艾胥頓以外，又有誰會懂？沒有，沒有半個人懂。

「天啊。」叔叔又說了一次。

「對呀，老天。」我說。

我們愈是進入山裡，車外的風速就愈快。我靠在窗戶上，叔叔安靜的開車。山的顏色從酒紅色變成粉紅色，再變成綠色和棕色。太陽一如往常的升上了天空。

25

我們這次到馬隆的時候，爸爸立刻就下樓了，他非常用力的擁抱我，用力到我覺得肩胛骨快要斷掉了。他和叔叔看起來很像，像到沒人會說他們不是兄弟，可是這一刻的爸爸看起來比叔叔蒼老許多。他的眼睛底下有黑眼圈，戴著平常只有在看書時才會戴的厚厚黑框眼鏡。

「上次我就是沒辦法下樓，」爸爸說：「我真的很抱歉，我又碰到了那種日子，那變成我生命中最漫長的一個月。」

我站在那裡聽他說話，我想告訴他，如果有人開了幾乎快到加拿大那麼遠的車程來見你，你得忽略「那種日子」，你得克服它們。我想問他，為什麼連我這麼小的孩子都懂的道理，他是大人，卻沒辦法了解？

可是我什麼話也沒說，我只是點點頭說：「沒關係，至少我們現在都在一起了，對吧？」這話是真的，我想到埃斯特班的爸爸離他那麼遠，他連探望都沒辦法。

我看向叔叔，他把手插在口袋裡站著，兩隻腳分得有點開。他和爸爸看起來都既擔心又難過。

我點頭說：「我懂的，爸。」要是下次爸爸又不下來怎麼辦？要是那場車禍同時奪走了我的父母，讓爸爸甚至沒辦法出現在這裡讓我對他生氣？而且要是叔叔當時坐在後座呢？

爸爸再次擁抱我，他的監獄制服感覺起來還是一樣——僵硬的抵在我的臉頰上，像日光一樣熟悉。我從沒看過他穿其他的衣服，每次都是那些棕褐色的卡其色長褲，還有一件口袋上繡著號碼的棕褐色襯衫。過了這麼多年，我應該早就把那個號碼牢記於心了。我有這麼多想要記住的事，這麼多故事，可是他的號碼不包括在內。我把他號碼的故事鎖在一個房間，然後在那段記憶的門上寫著「結束」。

26

那天下午我們開車回家的時候，我把辮子放下來遮住眼睛，想著琪拉的手放在我頭髮上的感覺。她的手既強壯又溫暖，而且非常有把握——她梳子上小小的尖端在每一股辮子間分隔出垂直的區塊，還有她在我頭皮上抹薰衣草精油的味道。我就像每次她幫我整理頭髮時那樣坐在那裡，閉上眼睛，把頭往後靠——偷偷想像琪拉就是我媽。我知道這樣想很傻，荷莉就坐在我們對面，一邊嘰嘰喳喳的說話，一邊吃著沾花生醬的蝴蝶餅。我想像是媽媽把碗放在我們之間，想像她對我說：「海莉，妳一直很喜歡蝴蝶餅和花生醬呀。我記得妳還是個嬰兒的時候，會從我手上拿走滿是花生醬的湯匙，然後把湯匙放進嘴裡。

那時候我真是嚇壞了，我聽過好多花生醬過敏的故事，還有嬰兒要到年紀比較大才可以吃花生醬。我試著用手指撬開妳的嘴巴，把花生醬挖出來……」

可是講話的人是琪拉，是琪拉撬開荷莉的嘴，是琪拉很害怕……

我做了一個深呼吸，感覺到叔叔的視線朝我看過來。

「再跟我說她的事，」我說：「說你知道的那一小部分。」

「關於妳媽的事對吧？我就猜妳在想那個。」叔叔說。

我點了點頭。

「我認識她的時間很短，」他說：「貝芮和妳爸真的認真起來的時候，我已經離開大學了。我很少回家，妳也知道我們的爸爸不贊成，對吧？」

「對，可是爺爺在我出生前就死了，然後你和爸用他留給你們的一部分遺產買了我們的房子，我猜這對他來說真是太糟糕、太不幸了。」我說。

「妳在笑我嗎？」

我搖搖頭。「不是，只是在講你每次都會講的話。你們的爸爸不是好人，可是至少你還認識你媽，雖然奶奶在你小時候就過世了。我真希望我也認識我媽。」

「妳會愛她愛到瘋掉，海兒，」叔叔說：「她會愛妳一路愛到月亮去，她也確實一路愛妳愛到月亮去了。」

他用同樣的方式講這個故事講了多少次？我知道他接下來要說什麼，我在腦袋裡跟他一起說。妳爸媽彼此相愛的方式就像浪漫電影裡那樣，只不過那是發生在真實生活中的事。他們真的、真的深愛著彼此。

我爸媽是在念布魯克林學院的時候認識的。媽媽想成為護士，爸爸想成為老師，他們一起上某個進修課程。那時候叔叔還在念高中，他說我爸告訴他的時候，他甚至沒想到他們兩個會墜入愛河，那像是根本不可能會發生的事。

「可是真的發生了，」叔叔說：「妳爸……他告訴我她的事情時，只說『她是我遇見的人當中最神奇的，你一定會很愛她的』。他不是說『她是我遇過的黑人當中最神奇的』，所以我第一次見到她的時候很驚訝。」

「那是種族歧視唷。」我說。

「不，那是事實。我那時候是個很年輕的笨蛋，腦容量很小，不過後來我就不是了。」

「她改變了你，她喚醒了你。」我說。

「妳和她都喚醒了我，要繼續讓我保持清醒唷。」他拍了拍我的頭。

太陽開始下山，現在的天空是亮橘色。上州和布魯克林好不一樣，沒有建築物遮蔽天空，山感覺也像是為了讓色彩透過去而存在的，它只是在那裡，好幫助我們看到這一切。

「我第一次見到妳媽的時候，她就一直想要捏我的臉頰，」叔叔說：「她每次看到我都會說『你真是個小可愛』！拜託，我氣炸了。我是說，我又不是跟妳一樣的小朋友……」

「嘿！」

「妳知道我的意思嘛，我十五歲了耶！十五歲幾乎就是男人了。」

「幾乎，叔叔。只是幾乎，可是其實不是。」

「她只比我大五歲，我好愛看她的微笑，要讓她笑太簡單了。」他看了我一眼。

「妳微笑的時候，就會讓我想起她。」

我對著窗戶微笑，想像二十歲還不是我媽媽的媽媽捏了叔叔的臉。我可以看見她的手，深色的手上擦著亮紅色的指甲油，可是她的臉和頭髮是模糊的。

「她很高。」我說。

「比妳爸爸還高。」

「而且她家裡也有人有紅頭髮，不過不是她。」我說。

「兩邊的家族都有紅髮基因，妳這是天生注定。」叔叔說。

「我這是天生注定。」

叔叔笑了，我可以看見他眼鏡後方眼尾的線條。魚尾紋，他說人們是這樣稱呼那些線條的。「我的小小人生地圖。」他這樣說。

它們很美。

我們安靜的開了一段路，一路上聽著瓊妮．蜜雪兒的歌——一位叔叔小時候就有的歌手。她在唱有關綠色的歌，她還有一首歌是關於藍色，可是綠色這首是我最愛的曲子之一。她的聲音甜美又高亢，可是她有辦法用聲音做很瘋狂的事，拉很長很長的長音，長到會讓你流下眼淚。叔叔跟她一起唱：「那裡會有冰柱、生日禮服，有時候也會有憂傷。」

這個故事並不複雜。從那次住院以後，我就一次又一次的問叔叔這件事。我是在爸媽都二十六歲的時候誕生的，我三歲的時候，他們從一個派對返家的路上發生了車禍。爸爸開著車，在離家一個路口遠的地方，爸爸誤踩油門撞到了一根路燈，車輛急轉時撞到一家甜甜圈店的外牆。那時候快天亮了，街道上空蕩蕩的，所以他尖叫著求救時沒有半個人出現。於是他跌跌撞撞的跑回家，要叔叔幫他一起把媽移出車外。他一直這樣說：「她不動了，她不肯醒來！」講到這裡的時候，叔叔的聲音變得很輕。爸爸的鼻子撞斷了，他的手和手臂上都有割傷。叔叔那時候在當我的保母，在我們三個人回到車子旁邊以前，警察已經把車停在一旁，因為我爸擅自離開犯罪現場和酒後開車而逮捕他。

叔叔告訴我：「他一直跟我說，快去找她，拜託快讓她醒來。」

我媽再過六天就要過她的三十歲生日了，可是等警察讓我爸做筆錄的時候，我媽已經死了好幾個鐘頭，她永遠都會是二十九歲。

有時候，我會用緩慢的語調對自己說：「車輛事故。」這幾個字聽起來像在打嗝，或是像一首歌的頭幾個字。聽起來像是在承諾什麼，卻不是。

「再說一次意外隔天的事。」我說。

「我告訴妳……妳爸媽都得離家，」叔叔說：「我告訴妳，我會保護妳的安全，妳不必擔心，還有妳很快就會再見到妳爸。我告訴妳，我愛妳，我會永遠照顧妳。」

「然後我問你誰有辦法整天照顧我，你說『我們會好好的，小紅。我可以』。」

「然後我做到了。」

「你以前都叫我小紅，在我要你改口以前。」

「對啊。」

「後來我說『我現在是白人了嗎』？」

叔叔露出微笑。「妳當然是，不過我說不是。」

「你說我永遠都是一半白人、一半黑人。」

「而且在妳頭髮變白以前，妳永遠都會是紅髮。」

「再說一次，我是怎麼讓你不再叫我小紅的。」

「妳說『我的名字叫海莉，不是小紅』！而且妳不是小聲的說這句話。」

叔叔大笑著說：「在那一天以前，我從沒聽過妳這麼肯定的說任何事。」

我想起阿莫瑞叫我小紅，還有在他這樣說的時候，我其實不太介意。

「那你對我那樣說話有什麼感覺？」

「我覺得我在扶養一個堅強勇敢的女孩，我正在做一件對的事。」

我側著身體，把頭枕在叔叔的手臂上。「有時候，我不覺得自己很勇敢，有時候我覺得很害怕。」

「我知道，我們兩個人都一樣。」他說。

27

「你們覺得他會回來嗎？」艾胥頓問：「我不知道他的電話號碼或其他聯絡方式。」

那是星期四，埃斯特班已經缺課一整個星期了。我們五個人坐在學校餐廳的角落，沒有碰我們的食物，外頭的雨水敲擊著窗戶。

「拉雯老師說她想找出到底發生了什麼事，」荷莉說：「可是他在學校留的電話號碼打不通。」

阿莫瑞說：「對呀，埃斯特班沒有自己的手機，你們記得我以前會讓他用我的手機玩遊戲嗎？」阿莫瑞沒有繼續講下去，只是搖了搖他的頭。「不是以前……他每次都用我的手機玩遊戲，那才是我想說的。等他回學校，我還要繼續讓他用我的手機玩。」

「可是……」我開口說。

「沒有可是，小紅。妳得學著正向思考。」

「我不認為他會沒跟我們說再見就搬走，」艾胥頓說：「我們是他的朋友。」

「可是他們會把人帶走，」提亞哥說：「在夜裡、在早晨，直接帶走他們，就像他們帶走他爸一樣。所以要是他們在夜裡出現，把埃和他家人帶走咧？」

「可是他們不能這樣做，」艾胥頓說：「埃斯特班和他姊姊，他們兩個都是在這裡出生的。」

「我知道……好嗎？」阿莫瑞環顧學生餐廳，這裡非常吵鬧，充滿了托盤的碰撞聲和小孩的吼叫。有人吹了一聲哨子，有那麼一小段時間，一切都安靜了下來。可是餐廳另一頭的男孩更大聲的吹響他剛才吹的哨子，感覺就像有人把播放鍵按了下去。我看見一位老師走到他身邊，把哨子拿走。

「他爸爸寫過很好的詩。」荷莉說。

我說：「很會寫，他很會寫詩。他們又沒死，各位。」

「這真是爛透了，」阿莫瑞說：「我們待在沒事教室裡，但是轟的一聲，事情就變得亂七八糟了。我是說埃斯特班，他很酷，人很好，他讓我們變成……我們六個人。這不公平。」

「對，不公平，」荷莉說：「這裡應該要成為美國，是自由的土地和勇敢的人的家。」

阿莫瑞本來在喝牛奶，但他笑得太誇張，結果牛奶從他的嘴巴和鼻子裡噴出來，噴得桌上到處都是，也噴到了荷莉。

「真噁心！噢，我的天啊，你實在是有夠噁心！」荷莉用一張面紙擦拭她的襯衫和手。牛奶也灑到她的三明治上，所以她推開整個托盤。

「抱歉。」阿莫瑞這麼說，但還是一直大笑。

然後，他停下來看著我們所有人。「我有一個詞要送給你們，」阿莫瑞說：「萊納佩人。」

「跟他們有什麼關係？」

「妳以為他們是在哪裡說『嗯，這裡應該是自由的土地，也是勇敢的人的家』？不是別的地方，他們以前住的萊納佩宏科在這裡耶，也就是紐約市，他們就是在這裡被掠奪。他們被所謂的定居者搶劫了，妳懷念那堂歷史課嗎？」

荷莉瞪著他，「不，我才不懷念那堂歷史課咧。」她開口嘲諷。

「那妳怎麼會試圖抹滅他們的存在？妳跟帶走埃斯特班他爸的人在做同樣的事，在這裡試圖消抹別人。」

「沒有，我才沒有！」荷莉大吼。我們安靜下來，阿莫瑞環顧餐廳，大家都在瞪著我們看。其中一個打過艾胥頓脖子的八年級生對我們比出中指，提亞哥、阿莫瑞和艾胥頓跳過他們的椅子準備衝向他，那個男生又用手比了一個沒事的動作，所以他們又坐了下來。艾胥頓的脖子又回到原本白白的模樣，那個大男生被幾個五、六年級的特殊小孩恫嚇，令人同時感覺心碎又佩服。

「來吧，大夥兒，」提亞哥說：「埃會回來的，我們不必為這件事爭論，他不會希望我們那樣。」

「沒錯，他不會。」我們全都同意。

28

到了星期五，埃斯特班還是沒有回來。

阿莫瑞在走進沒事教室時大聲嚷著：「偉大的不完美世界，繼續傾斜著運轉。」他高舉著手，好像剛剛說了什麼不得了的話。我們只是看著他，等他說點其他的話，可是他沒有。他坐在他的座位上，看向窗邊埃斯特班空盪盪的座位，拿出他的彩色筆。

提亞哥伸手想拿錄音筆。

我們全都僵住不動，就連阿莫瑞也一樣，他的畫冊從背包裡露出了一大半，彩色筆用橡皮筋綑著放在他的桌上。

也許有那麼千分之一秒的時間，世界停止了轉動。也許埃斯特班……不管他在哪裡，轉向沒事教室露出了微笑。

「今天我可以錄音嗎？」提亞哥問。

我們四個都點了點頭，嘴巴微微張開。

他按下錄音鍵，用右手彎折左手的指節，然後開始講話。

「現在幾乎是冬天了。沒錯，我們到這裡已經過了好長的時間，我覺得我認識你們，你們就像是我的兄弟姊妹，我知道我可以信任你們，對吧？」

我們全都點頭回應。

「我覺得這間教室裡有愛，我知道那聽起來很老套，可是我感覺得到，」他敲了敲自己的胸膛，「我從這裡感覺到我們關心彼此，就連埃斯特班也是。」提亞哥親了親他的食指和中指，然後把它們舉到空中。「不管他在哪裡，他都是我們的兄弟、我們的朋友，有一部分的他就在這間教室裡。」

我們也親吻自己的手指，把手指舉到空中點了點頭。

「我要告訴你們培利托的故事。牠是我的狗，杜賓混拉布拉多。牠是最棒的狗，也是我最好的朋友，牠會說西班牙語和英語。有時候，拉雯老師要我們在課堂上寫作，我會覺得很困難，因為文字就是不想出現。我看你們大家全都寫了又寫，我也很想跟你們一樣，可是我寫的文字想用西班牙文展現，而不是用英文的模樣出現。人們總是說『說英語、說英語』！不是你們，你們看到我和埃斯特班講西班牙語的時候，只會說『教我』！你們不會說惡毒的話。有一次，我和媽媽在街上走路時用西班牙語對話，有個傢伙對我們大吼『這裡是美國，講英語』！可是我是從波多黎各來的，波多黎各也是美國的一部分，所以西班牙語也算是美國的語言呀，對吧？」

我們全都同意這個論點。阿莫瑞在畫圖，可是他一直跟我們一起點頭。我們開始理解提亞哥的「安靜」是什麼意思了。

「可是我和我媽什麼話也沒說，」提亞哥說：「因為那個傢伙是個大塊頭，而且他看起來很生氣。如果培利托跟我們在一起，我賭那個傢伙連一個字也不敢吭。培利托也是個大塊頭，而且牠杜賓的血統會瘋狂的保護我們。我和我媽走到下一個街角才又開始講話，可是我媽說話的聲音變得非常小。我覺得好難過，那個氣得滿臉漲紅的傢伙，讓我媽變安靜了。」

「你們四個……」他指著我、艾胥頓、荷莉和阿莫瑞，「你們都只講英文……我不是說那樣有什麼不對……」

「可是兄弟，波多黎各是這個國家的一部分，你也講英文啊。」阿莫瑞說。

「對呀，我知道，」提亞哥說：「可是我只跟我的家人講西班牙文。在波多黎各時，雖然我們在學校要講英語和西班牙文，但我還是比較喜歡講西班牙文。」他的聲音沉下來，低頭看著自己的手。「因為我是從波多黎各來的，我很安全，我不必擔心，不必為我和我家人擔心，只需要為我的朋友擔心。」

他盯著錄音筆看了很久。

「我媽在家的時候，很喜歡用西班牙文唱歌。她講西班牙文，她煮西班牙菜，感覺就連她笑的時候也很西班牙，因為她的微笑會變得超級、超級大。可是她現在到外面的時候，就會變得很安靜，因為她怕又遇到像那傢伙一樣的人，會看穿她的話語，在她嘴裡看到波多黎各。那不是海灘或閃閃發光的藍色海洋，不是棒透了的蛋塔或是甜得不得了的西班牙青檸，讓你吃到停不下來。她覺得他們會看到她的小鎮伊莎貝拉，她爸爸在那裡養雞，到了假日，她奶奶還會用古老的方式在戶外的火爐上製作米飯，每個人都會去要黏在鍋底的酥脆鍋巴來吃。她覺得這裡的人會對她說『回妳的國家去』，可是這裡就是她的國家呀。

「這點讓她很受傷，她覺得難過又羞恥，因為如果有人一直不斷對你說某件事，你就會開始相信這件事。我媽過去的夢在波多黎各，對這個地方也有未來的夢想，但這個地方表現得像是它未來的夢裡不包括我們。」

「培利托在英文裡的意思是『小狗』。我們第一次看到牠的時候，牠還只是一隻小小的黑狗，牠好小，小到幾乎可以放進我手裡。有些人沒辦法把牠的名字念對，因為你必須稍微捲起舌頭，才有辦法同時發出兩個r的音，並不是每個人都做得到。」

我們都試著像提亞哥那樣叫培利托的名字，不過只有阿莫瑞有辦法念對。

「我想幫牠取一個不是所有人都能叫出來的名字，」提亞哥告訴我們，「我想讓牠變得比原來的牠更特別。我輕聲叫牠，牠就會跑過來，牠的聽力簡直好到不可思議。如果大家用英文叫牠的名字——沒用正確的方式念出r的音——牠連頭都不會抬起來。去年，牠快死的時候，我把牠的頭放在我腿上，不斷的輕拍牠。我用很輕很輕的聲音叫牠的名字，一遍、一遍又一遍的說『培利托、培利托、培利托』。我不害怕，牠的模樣看起來愈來愈安詳，然後牠的呼吸愈來愈快，彷彿他在心底的某個地方，贏得了一場比賽。然後牠的呼吸停了，牠閉上眼睛，我把臉貼在牠的頭旁邊說『你贏了，培利托，這場比賽你贏了』。媽媽讓我就那樣陪著牠許久，只有我、培利托的身體，還有寂靜。」

提亞哥不再說話，他的眼睛裡有淚水，可是他不是在哭，不完全是。後來他的眼淚掉了下來，我們沒有看他，感覺盯著他看或是說些什麼都不對。他在他自己的世界裡，回到培利托的身邊，他的臉靠在培利托身上，在他們兩個前方的——是終點線。

提亞哥輕聲說，「我知道在我心裡，我們喜歡說的語言是音樂，是詩，甚至是在好熱好熱的夏天裡吃的又冰又甜的刀削冰。可是我覺得這個地方想要讓我心碎，覺得它每天都千方百計的想讓我媽感覺自己愈來愈渺小，就像培利托的頭可以放進我手裡那麼小。」

29

下個星期，我們正準備要做數學題的時候，埃斯特班走進了我們的教室。拉雯老師沒有試著阻止我們從座位上跳起來擁抱他、拍拍他的背，問他：「你上哪兒去啦？」「我們好怕你永遠離開了……」還有「你爸回家了嗎？」

埃斯特班在我們終於冷靜下來以後開口說：「他還在佛羅里達，可是他又寄了另一首詩給我。」阿莫瑞把手臂放在埃斯特班的肩上，提亞哥也盡可能站得很近很近。我們其他人都回到座位上，可是全都驚奇的盯著埃斯特班看。能再看到他感覺太神奇了，感覺我們幾乎又變回完美的狀態了。

拉雯老師要他到教室前面念那首詩給我們聽，等阿莫瑞終於放開他，他很小心的把一張黃色的紙從筆記本裡拿出來。他的制服很乾淨，可是皺皺的，眼睛底下的黑眼圈現在看起來要遮住他大部分的臉了，他看起來更瘦了。

「我們搬去皇后區跟我阿姨住，」他說：「我有一個瘋狂的寶寶表弟想吃掉這個耶。」他舉起寫著那首詩的紙，邊緣被咬了小小一口。埃斯特班搖了搖頭，但是他笑了。

「我要先用西班牙語念。」埃斯特班念了詩，雖然我聽不懂那些文字，但它們好美，聽起來就像音樂。我把頭靠在桌上，好聽得更清楚一些。

「現在我要念為你們準備的英文翻譯。」他看著我們五個，然後又看著拉雯老師。不知道為什麼，他看起來似乎變老了一些，就像他離開之後過了一輩子，然後又回到我們身邊。

到了夜裡，狗兒對著陰影號叫，
告訴他，

不要畏懼看不見的事物，
或是還不了解的事物。
神祕處處皆是。
在石頭底下，有潮溼的土壤，
還有一整隊
策畫革命的螞蟻軍團。

埃斯特班站在教室前面盯著那張紙，然後他抬頭看著我們。我們再次爆出歡呼聲，這次甚至比之前更大聲。我不曉得我們當中有沒有人真的了解他爸爸的詩，可是在他讀完詩過了很久以後，我想起那個螞蟻軍團是怎麼聚在一起的。

就像我們一樣。

30

到了夜裡，狗兒對著陰影號叫，告訴他，不要畏懼……

那天在學生餐廳裡，埃斯特班問可不可以錄下那首詩。「我不知道明天我還會不會在這裡，還有後天，或是大後天。」他說。

「可是我以為你已經回來了，小子。」阿莫瑞說。

埃斯特班低頭看著他空空的托盤。他快速的吃光了托盤上所有東西，快到阿莫瑞把自己的牛奶也讓給他，我則是給他我剩下的牛肉捲餅。

「我們不曉得明天會發生什麼事，」後來，他在沒事教室告訴我們，「他們可能也會試著遣返我媽咪，我們就是因為這樣才搬到阿姨家去，現在媽咪也得躲起來了。」

「為什麼？」艾胥頓問。

埃斯特班聳了聳肩。「她也是從多明尼加來的，但我阿姨是在這裡出生，她先生是美國人。媽咪說如果她被送回去，我和妹妹可以待在阿姨家，可是我不想。」

他爬到他在窗邊的座位，可是他沒有安靜的瞪著外面，而是轉向我們翹起腳，他這樣做的時候，我看得見他鞋底的破洞。他的襪子在新的時候可能是亮白色，現在卻灰撲撲的，連他的腳踝都遮不住，他的制服長褲也變得太短了。

我按下錄音鍵，把錄音筆放在桌上。埃斯特班點了點頭，重說了一次他剛才講過的話，然後繼續說下去。

「他們帶走了我爹地，他們在爹地正要下班的時候出現在他工作的地方，說他不屬於這個國家。也許在他心裡，他一直覺得這一天總會到來。在我小的時候，他總是跟我說『埃斯特班，每一天都是神的祝福。就算下雨或是天氣變得很冷，你還是看得見自己呼出來的氣，知道你皮膚底下的骨頭是會斷裂的——這也是神的祝福』。爹地說『有一天，你的時光會全都消失得無影無蹤，到那個時候——你就一無所有了』。

「我那時是個不聽明的小孩，可能正為了想要一個玩具或是冰淇淋而哀號吧，我不記得了。可是我現在稍微懂事了，我知道我們擁有我們需要的一切。我們每天都有食物吃，還有外套、靴子、溫暖的襪子和水。

「以前你聽說過『移民』這個詞，覺得它聽起來就像你曾經相信的一切，它聽起來像生日快樂、像聖誕快樂，也像歡迎回家。可是現在你聽到這個詞就覺得害怕，因為這個詞讓你想要消失，聽起來就像你身邊的某個人被他們偷走了。」

「埃，會發生什麼事？」阿莫瑞問。

埃斯特班聳了聳肩。「媽咪說得付錢給律師和有的沒有的才能對抗它，可是我們沒錢做那件事。我覺得……我覺得我們全都得回多明尼加去了。那樣很爛，因為我會想念紐約，也會想念你們。」

我們沉默的坐在那裡，所有人都看著埃斯特班，感覺就像他幾乎已經離開了，而我們很努力的想要記住他。

31

聖誕假期過後，每個回來的人看起來都有點不一樣，不過最重要的是埃斯特班也回來了。提亞哥戴著眼鏡回來，他拿下細細的金屬框眼鏡，示範他的眼鏡可以怎麼捕捉光線，在教室裡折射出彩虹。那讓我想起叔叔的眼鏡，我看著提亞哥溫柔的把眼鏡放回鼻子上。再過許多年，我想，人們會不認識沒戴眼鏡的提亞哥。

「鞋子好炫，」艾胥頓一臉渴望的盯著荷莉的球鞋，「我就是想要那雙鞋當聖誕禮物，卻得到這一雙。」艾胥頓做了一個鬼臉，舉起他的腳。他的運動鞋是白色的，看起來很便宜，就像在量販店賣的那一種。「我抱怨的時候，我媽媽還唱『得到什麼是什麼』。」他把腳放了下來。「妳也太好運了吧，小荷。」

「那不是運氣，荷莉是富家女，每個人都知道。」阿莫瑞說。

「不，我才不是，」荷莉說：「別拿我開槍，阿莫瑞。」荷莉把腳收了回去，好像對自己的球鞋感到很不好意思似的。

荷莉得到鞋子的那一天，我跟她和琪拉一起去。她媽媽看了一眼標價，然後大喊老天爺啊。她們家沒有人信教，可是因為某種原因，琪拉看到價錢時喊出了那幾個字。

「可是我很喜歡啊！這雙鞋可以當我其中一件聖誕禮物，而且每個人都穿這雙鞋呀。」荷莉說。

我等著琪拉說出她每次都會對荷莉說的話——如果每個人都從橋上跳下去，妳也要跳嗎？……可是她沒有。「我會買給妳，」她說話的聲音輕到荷莉必須停下綁鞋帶試穿的動作，抬頭注意聽。「可是我要妳知道——不是每個人都穿這雙鞋，我要妳明白那是什麼意思。」

荷莉點了點頭。她的臉上出現一種表情——彷彿那些話正在她的腦裡尋找一個空間。「拜託，媽，我知道啦。」她說。

有時候我覺得琪拉不像我這麼了解荷莉。有時候我望著琪拉看著她女兒荷莉的模樣，彷彿不敢相信她們倆竟然是母女。但那不是荷莉的錯，她一直知道自己可以走進一家店，請人拿來很貴的運動鞋，然後買下那雙鞋。荷莉真的很慷慨，在我們還小的時候，她會確認我也擁有她擁有的一切——從糖果、新漫畫書，到琪拉陪我的時間。她要媽媽買兩份東西，總是準備好一份要給我。「我不想獨享這個，那樣一點也不好玩。」她會這樣說。

「真希望我也有那種帥球鞋，富家女。」阿莫瑞的嘀咕說得很大聲，聲音大到每個人都聽得見，而且他不打算停手。

「消失吧，阿莫瑞，」荷莉不假思索的說：「你為什麼要讓我聽見？」

「你們兩個就是愛吵來吵去，我叔叔說，有時候兩個人來到這個世界，是繼續他們上輩子沒吵完的架。」我說。

荷莉看著我問：「那是什麼意思？」

我指著她和阿莫瑞。「你們兩個上輩子可能也在吵架。叔叔說人們會不斷投胎轉世到對方的生命裡，直到他們弄清楚為止。」

提亞哥笑了出來。「你們兩個從恐龍時代就開始吵了吧。」

「我不知道啦。阿莫瑞，沒有惡意喔，可是你最好不要出現在我的下輩子，我連這輩子都不喜歡你了。」荷莉說。

「阿莫瑞有什麼好不喜歡的？」艾胥頓說：「他『不是真的』有什麼地方讓人不喜歡。」

「對呀，他『不是真的』。我是說，他『不是真的』是個壞傢伙，不是真的啦。」提亞哥說。

男孩們大笑起來，就連埃斯特班也是，他坐在窗邊的座位，看著雨雪落下。他把洋基隊的外套披在肩膀上，像斗篷一樣。

阿莫瑞笑著說：「早知道就不要告訴你們。」

可是阿莫瑞不是真的在跟他的朋友們一起大笑，他在看著荷莉。那一刻，一個想法在我心裡像警笛一樣清晰又大聲的響起，那就是阿莫瑞其實非常在乎荷莉怎麼看他。她的話刺傷了他，就跟我們傾斜的地球一樣，阿莫瑞失去了平衡，被她的話傷害了。

我碰了碰荷莉的手臂。她看不出來嗎？看不出阿莫瑞的表情變得陰沉？

「妳不是真的不喜歡阿莫瑞，對吧，荷莉？」我試圖讓她看著我，讓她看見我正在懇求她。

她聳了聳肩。教室內異常的安靜。在我開口說其他的話以前，荷莉說：「沒人能選擇自己要生在哪裡，或者被誰生下來。也許我爸媽很有錢，可是那不代表我很有錢。我是說，我猜我現在是很有錢啦，可是……」荷莉抬頭看著阿莫瑞，「這不是我的錯。」

「我不認為拉雯老師要我們在這個教室裡討厭彼此，」提亞哥說：「我覺得她要我們更靠近彼此，不要再互相遠離。」

荷莉再度拿起她的棒針。她現在編織的速度很慢，就像她的心思在其他地方似的。她的腳還縮在椅子底下。「如果這間教室裡有任何人想要這雙鞋子，我可以把鞋子給你。」

叔叔說我們的生命是破折號——從出生到死亡，每天都是一個新的破折號，另一天，另一個機會。我想跟他說人們也是破折號——每個人都是另一個人小小的連結。

荷莉瞥向阿莫瑞，然後低頭看著他的圖畫，又看向他。

「我不喜歡你叫我富家女，莫兒。」她說。

阿莫瑞聳聳肩說：「好，我不會再那樣叫妳。妳只需要這樣說就好了，妳不必針對我講那些不好聽的話和有的沒有的。」

叔叔會說，這是破折號到破折號。荷莉到阿莫瑞，我到荷莉，培利托到提亞哥，埃斯特班到他爸爸，阿莫瑞到艾胥頓，拉雯老師到我們所有人。叔叔說當人們聚在一起，關心同樣的事物時，就叫做和諧的聚合。他說那所有的能量聚在一起，可以轉動整座星球。

雨雪停了，太陽露出了臉。

「我們和好了？」阿莫瑞問。

荷莉說：「對，阿莫瑞，我們和好了。」

32

「為什麼從來不在沒事教室裡講妳爸爸的事？」荷莉問我。

時間是星期五晚上快要九點半的時候，我已經洗過頭髮、上了油，梳好玉米辮。當我和荷莉在餐桌上吃菠菜披薩的時候，琪拉就綁好我的頭髮了，現在琪拉和荷莉的爸爸去看電影，保母則睡在樓下的沙發。我在這間屋子裡度過了多少個星期五？在這個房間呢？太多次了，多到難以計算。如果有人讓我轉一百圈，開車載我穿過布魯克林，再矇住我的眼睛帶我走回來，我還是認得出來。我會認得這裡的味道——椰子油香皂和火爐的木頭味。我會認得這裡的聲音——二樓和三樓之間的第五個臺階會發出嘎吱的聲音，樓梯第一和第二道欄杆之間也是。如果琪拉對我伸出她的手，我會從她柔軟的手指和指甲的長度認出她，我早已用我的頭感受過它的重量無數次。

我們坐在荷莉的加大床鋪上，幫她的娃娃梳頭髮。荷莉床上的東西都是白色的——床單、棉被、枕頭套，因為她堅持要選深紫色的牆，琪拉不答應，除非房間裡其他東西都是白的。床鋪旁邊的地板上放了一塊圓形的白色粗毛地毯，我的娃娃穿著綠色睡袍，荷莉的娃娃穿著罩衫，我們已經幫她們換過兩次衣服了。這些娃娃都有自己的故事和書，說明她們是怎麼變成真正的美國人。她們很貴，荷莉擁有全部的娃娃，我只有一個，這個娃娃逃離了奴隸制度，在費城重獲自由。我們可以一連好幾個月都不看這些娃娃一眼，然後在其他時候一次玩上好幾個鐘頭。

「妳還沒跟他們講妳爸——或是妳媽的事耶，妳要說嗎？」荷莉停下幫娃娃綁辮子的動作，看著我。

「我有說話呀，我晚上會在房裡對錄音筆講話，我也有錄音啊。」我說。

「我不曉得耶……我不知道那對大家來說公不公平。所有人都掏心掏肺的，妳卻是私底下自己說。妳覺得自己的生活很見不得人嗎？」荷莉說。

「不是！當然不是。」

可是荷莉還是繼續看著我，她慢慢的眨了眨眼睛。

「我沒有什麼見不得人的事。」我說。

「那妳為什麼不講妳爸爸的事，或是告訴他們妳叔叔的事。每次阿莫瑞叫我『富家女』，妳就只是坐著不動。」

「妳想要我講什麼？」

荷莉聳了聳肩。

「不，荷莉，妳希望我說什麼嘛？」

「我要妳說『我也是富家女』！」

「可是我不是啊。」

荷莉搖搖頭。

「我不是。」我感覺自己的聲音變高了。

「海莉，妳聽我說。妳叔叔擁有妳住的那棟房子，他開好車，他想要的時候就可以在家裡接科技業的工作，而且他可以不必上班，不像我爸，不像阿莫瑞的爸爸，或是其他小孩的爸爸媽媽。妳爺爺奶奶過世的時候，把全部的錢都留給妳叔叔和爸爸了。妳媽媽過世後，他們把所有的保險金都幫妳存進銀行裡，等到妳二十一歲，就可以得到那筆錢。」

「妳怎麼會知道這些？我的意思是我知道一部分的事——像是房子之類的——可是我從來不覺得我們富有。」我說。

「妳叔叔會和我媽聊天，所以我才知道的。大人會跟彼此講一些事，然後又會跟其他大人聊天，有時候我們小孩子就在旁邊聽。」

我什麼話也沒說，感覺好奇怪，怪異極了。我們富有？叔叔從來沒買過昂貴的衣服給我，我們從來沒有去過任何時髦的旅行，而且我們大部分的家具都是叔叔從二手商店買來的。他的咖啡桌是在街上找到的，其中一根椅腳比其他三根椅腳還要短。

荷莉把她的娃娃放在枕頭上，把身體靠在床後面的牆壁上。

「我不是要對妳使壞，海莉。我知道這些話有時候聽起來會有這種感覺，可是我只是……講講而已。」

「我知道妳不是惡意的。」我一邊回答一邊盯著娃娃，袖珍的耳環閃閃發亮。

「我覺得有時候，」荷莉說得很慢，彷彿她是剛剛才冒出這個想法，「生命會給出妳不想要的東西，而妳只能接受。」

「就像我的頭髮，或是發生在我爸媽身上的事。」我說。

荷莉點點頭。「沒錯，不過妳的頭髮很神奇呀。」

「妳知道的所有一切都很神奇，荷莉。」過了一分鐘，在思考過她說我也是富家女的事之後，我知道她是對的，而且這個事實也許和其他事物一起埋在某個我知道的地方。我說：「妳讓我們開始思考。」

荷莉聳聳肩，用雙手抓住她的一撮辮子。「可是有時候我的嘴巴也會傷人，像是……我討厭我的嘴巴一直講東講西、停不下來，而且在拉雯老師叫我們待在座位上的時候，也沒辦法不跳來跳去、動來動去。有時候我只想要普通一點……」

「可是妳不普通呀，妳是荷莉。我愛妳的大嘴巴和跳來跳去的身體，還有妳能讓我們大笑——是在好的方面唷！」

荷莉從床上站起身，快速的在房間裡走來走去。

「我以前覺得沒事教室主要是因為我和妳而開始的，」她說：「我知道這想法很瘋狂。我是說，妳想想看嘛。」她不再走來走去，而是看著我。「如果我沒遇見妳，就不會是我們六個人。我們全都被丟在那裡還真是幸運，結果我們全都一起到了拉雯老師的班上，對吧？這件事會發生全是因為發生了a、b，和c，那導致了d、e和f以及其他的事。基本上，直到妳生命全部的字母都成形，這些字母就是某些人遇見某些人，導致其他人相遇，直到我們變老，然後死去。」

「或是有時候我們還沒有年老，就死去了。」我平靜的說。

「是呀……」荷莉爬到床上，用手臂環繞著我。「那也是真的。」

「我會說的，下星期五。」我說。

「我會陪在妳身邊的，好嗎？」

那天晚上，我們一如往常的背對背睡覺，我們的脊椎也一如往常的碰在一起。

33

到了下個星期五，荷莉坐在我身邊，對錄音筆點了點頭。當我按下按鍵、抬頭看著其他人的時候，我的手在流汗。我很驚訝自己竟然會如此緊張。沒人對我說過「別談論妳爸」，可是因為某種原因，我把這個故事埋得很深，現在，我打算對我的朋友說出來。我一遍又一遍的在腦海裡複述——他們是妳的朋友，海莉。他們是妳的朋友。

可是當我按下錄音筆的按鍵時，埃斯特班說：「爹地又寄了一首詩給我。」阿莫瑞說：「太棒了！」荷莉對我點點頭。埃斯特班從窗邊的位置爬下來，把詩從他的口袋裡抽出來。那張紙就跟他的制服一樣皺巴巴的。

「我得把信放在身上，」他說：「瘋狂的寶寶表弟會把我的東西拿去亂玩一通。我把其他的詩放在架子上，可是他會爬上去。」埃斯特班微笑著搖了搖頭。他打開寫詩的信紙，看起來很累卻很開心。他握住紙張邊緣的手在發抖，他先用西班牙語念，然後再緩慢、優美的用英語念出來。

等黑暗降臨便是夜晚，
那深夜彷彿想要吞噬我。
「熄燈！」的指令回響，
被拋回駐守的警衛身上。
許多美麗的語言，
聽起來像是這世界試圖要教會我們的歌，
從時間的最初。

他小心翼翼的把詩摺好，放回口袋。「詩的意思是拘留所裡有很多不同人種的人和爹地待在一起，等警衛告訴他們該熄燈了，他們全都用自己的語言喊叫回應，所以爹地聽見了所有的語言，就像是他們在唱歌哄他入睡。」埃斯特班碰了碰放著詩的口袋。「我想說的就是這些。」他爬回窗邊，用手臂環抱著腿，把頭枕在膝蓋上。

在每個人都告訴他這首詩有多美之後，我站了起來。

「現在，我有話想說，」我說：「你們都說了有關你們家人的故事，我有一個故事還沒告訴你們。」我看向荷莉，她對我再度點了點頭。「這是關於我的……生活，關於我爸爸，」埃斯特班看向我，「還有我媽媽。」我斷斷續續的說：「這是我小時候發生的事，還有我第一次遇見荷莉的媽媽……琪拉……」

34

「第一次遇見荷莉媽媽的時候我七歲，荷莉和我只認識對方幾個月而已。琪拉就是荷莉的媽媽，她問叔叔可不可以幫我整理頭髮，叔叔答應了。不對，他沒有答應……他幾乎就要去擁抱她了，在她得到答案以前。

「我第一次去他們家的時候，坐在他們家的廚房裡，洗好頭髮，頭髮上的水一滴一滴的滴在浴巾上。琪拉問我的全名，還問我關於我們家的事情……」其他人變得好安靜，安靜到讓我停止說話，我的喉嚨感覺就要關起來了。

「妳可以的，小紅。」阿莫瑞對我這麼說，他的微笑鬆動了我。

我無助的看著荷莉。她說：「沒關係的，我在這裡陪妳，如果妳需要我，我可以幫忙。」

每個人都點了點頭。我對她微笑，心裡鬆了一口氣，荷莉用手臂環抱著我。

「我從來沒有跟你們說過，其實我爸在監獄裡。」

「你爸在監獄裡？」提亞哥和阿莫瑞同時這麼說。

我點了點頭。

「為什麼？」提亞哥問：「是因為搶劫嗎？」

「是他開的車，他開車，媽媽在車上。」我慢慢的說。

這間教室感覺似乎在替我呼吸。當我講起那起意外的故事時，埃斯特班的眼睛裡盈滿了淚水，艾胥頓把他的頭枕在手上。在我講到爸爸跑回家找叔叔幫忙的時候，阿莫瑞說：「天啊，小紅，我竟然不知道。」他的聲音很小很小，幾乎屏住了呼吸，可是他的話裡充滿了愛，感覺就像他跨過了圓圈擁抱我。

這個時候，荷莉已經握住了我的手。

「他會一輩子待在牢裡嗎？」阿莫瑞終於開口問：「還有，我對妳媽媽的事覺得很遺憾。」

「他快要出獄了，我也不確定到底是什麼時候。」我說。

「這個故事太深刻了，難怪妳這麼安靜，小紅。妳沉默到就像不會流動的水。」阿莫瑞說。

「我第一次遇見琪拉的時候，她問起我們家的人，我告訴她我媽媽死了。我等著她說『我很遺憾』或是『妳這個可憐的寶貝』或是『噢，甜心……』這類的話，可是她沒有。那時候她正在幫我梳頭髮，她停了一分鐘，她的手很明顯的在發抖。」

「我記得妳告訴我媽，妳媽在妳三歲的時候死了，」荷莉說：「還有妳其實不太記得她。」

「我媽咪還跟我們在一起，我覺得好幸運。」埃斯特班說。

「可是她的手為什麼發抖？」艾胥頓問，「她為妳感到難過嗎？」

「不是！那才是最不可思議的部分。」荷莉從座位上跳起來，然後又很快的坐回位子上，開始輕拍她的腳，彷彿我講故事講得不夠快似的。「告訴他們嘛，海莉！」

「我正在努力講呀！」我說：「琪拉問我是不是貝芮．安德森的小孩，我告訴她，貝芮是我媽媽。」

「妳們的媽媽認識彼此？」阿莫瑞問：「那太誇張了。」

「對呀，真的很誇張。我們的媽媽懷孕的時候就認識了！我媽告訴我這件事的時候，我的反應就像『等一下！什麼？妳和誰還有什麼』？」荷莉說。

我大笑出聲。「可是妳媽沒有理妳，琪拉繞到我椅子旁邊，蹲在我面前。她的臉上滿是擔心與難過，可是也有快樂，妳記得嗎？」我說。

荷莉點點頭。

「她把我的頭髮從額頭往後梳，然後跟我說『妳媽和我以前上完拉梅茲[4]課的時候，都會一起去華盛頓州的湯姆餐館。我們會點超多菜，多到服務的小姐每次都會問是不是還有人要加入我們』。」

「那時候琪拉笑了，我記得我也很想大笑，可是我的心像是在我的嘴裡跟舌頭比賽誰能占到空間。所以我只是輕聲的對琪拉說『妳認識我媽媽呀』。」

我停下來不再說話。講這個故事好難，可是也沒有那麼難。這間教室裡的人都靠過來傾聽，而且是真的很關心，感覺我身旁每個人都希望這一切在最後都能好好的。

「我們懂妳，小紅，」阿莫瑞平靜的說：「妳知道的，對吧？」

我點點頭，對他微笑，然後繼續說。

「琪拉告訴我，我長得有多像我媽，還有她第一次看到我的時候心想也許會有這種可能，可是這樣也未免太巧了。不過妳只要仔細想想，就會覺得布魯

4 拉梅茲呼吸法，孕婦懷孕滿七個月時可開始學習此呼吸法，是利用控制呼吸達到生產過程中減輕疼痛的生產技巧。

克林實在很小，對吧？」

每個人都點了點頭。

「這感覺肯定就像……像是復活，」艾胥頓說：「就像這裡終於有人可以回答妳的問題了？」

「對！你說得實在太對了！我有一百萬個問題，就像我在心裡跟我媽進行過一百萬次對話，可是我問琪拉的第一個問題是——我媽喜歡什麼。」我說。

「我記得她那時候看起來真的非常悲傷，」我說：「她彷彿回到了與我媽共度的時光裡，想起當時所有的一切。她想了很久，最後終於說『妳媽很愛笑，就算事情感覺就要分崩離析，她還是會找到歡笑的方法』。」

「我想問她是什麼讓我媽展露笑容，可是我沒有問。因為某個理由，在那一刻，知道她喜歡笑，好像就已經足夠了。」

「那妳爸呢？琪拉也認識妳爸爸嗎？」埃斯特班問。

我搖搖頭。「她從來沒有見過他。琪拉說她和我媽變成朋友以後，她們就一直……共度她們的女生時間。」

「就像我媽跟她的女孩們一樣，在飛輪課後一起吃一堆東西，女人真是瘋狂。」阿莫瑞說。

我和荷莉同時說了聲「嘿」！阿莫瑞連忙舉起雙手。「妳們知道我只是在開玩笑吧。」

「告訴他們關於太陽的事，」荷莉說：「魔法。」

「噢，對了！荷莉家的廚房有一扇很高的窗戶，」我說：「有件瘋狂的事發生了。天空——變得不一樣，所有的東西都變亮了。琪拉大笑著說她和我媽以前每次都會談到光線，她們認為改變的光線意味著死者在傳遞訊息給我們——愛的訊息。她說每當太陽藏在雲朵後面，然後再度出現的時候，就是另一邊的世界傳來了訊息。」

我看向埃斯特班，他正盯著天空看，彷彿在等候太陽傳遞訊息給他。他一隻手放在口袋裡，我知道他正在觸摸那首詩。

「琪拉幫我編辮子的那段時間，都在談論我媽的事——她記得的事，她們怎麼失去聯繫，她是怎麼聽說那起意外的。我告訴她關於叔叔的一切，說他怎樣讓我大笑，每次又是怎麼告訴我，我的大笑讓他想起我媽。」我說。

我沒有繼續講下去，每個人都靜默了好長一段時間。荷莉對我微笑，然後對我點點頭，給了我一個「讚」的手勢。我感覺變得輕鬆一些、自由一點了，先前我的身體裡彷彿一直背負著故事的重量，而且根本不曉得它很沉重，但現在，我的身上少了好多磚塊。

埃斯特班又環抱住自己的腿，不過他正看著我。

「妳的故事讓我很高興我爹地還活著，海莉。我是說，因為妳的故事，我可以感覺到……一些希望，因為不管怎樣，我們都還會再見到他。他沒有死真是一件好事，就算所有一切都得改變才能再與他重聚，但我至少還是可以再和他一起，對吧？」

我們全都點了點頭。

「他還在寫詩，還在呼吸。」埃斯特班說。

他看著我。「雖然發生的事情和所有的一切有點悲傷，可是同時也感覺很快樂，我們擁有彼此。就像拉雯老師說過我們必須保護彼此，妳記得嗎？」

我點點頭。

「我覺得妳的故事做了那件事。我們年紀相同，妳必須為了妳爸爸而堅強，這讓我覺得我也能夠堅強。」

所有的人都說「對呀」。

「我也是。」

「真的。」

35

我關掉錄音筆，把它放回背包。快要三點了，可是就像大部分的星期五，我們都沒有人有動作，我們從好幾個星期前就開始不管時間了。想起我們之前到這間教室時還納悶自己為什麼要來，感覺很奇怪，現在我們變成很難去想不待在這裡的時間。

「嘿！既然我們都分享了一些事，在週末之前，我想讓你們看一個東西。」阿莫瑞打開他的畫冊，我們全都靠過去看。「我仿畫了這些漫畫角色，有一些很可愛喔，我要把你們全部畫進去，一定會超酷的。我的腦袋裡滿滿都是各種靈感。」阿莫瑞說。

阿莫瑞的臉上露出我認識他以來最大的微笑，這讓我們其他人也笑著欣賞那些漫畫，就連我和荷莉都過去看他們四個人到底在興奮什麼。

「你們知道有些人試著要討厭漫畫，可是漫畫讓你得到啟發，」阿莫瑞說：「就像是——老兄！看看這個傢伙。」

他翻開一頁黑豹的漫畫，黑豹又大又黑，在紙上顯得非常有力。沒事教室窗外的校園明亮又寒冷，奇怪的是，除了阿莫瑞的聲音，我什麼聲音也不記得了。一定有一些小孩在玩啊，一定會有喊叫聲、笑聲，還有喇叭的聲音，可是我一點也記不起來。我記得的只有阿莫瑞的微笑、他的漫畫，還有我們全都圍在他身邊。

「假如黑豹是這間學校的一個小孩，只是一個普通小孩的話會怎樣？我昨天晚上就是在想這件事。每個漫畫英雄都曾經只是學校裡的一個小小孩而已，所以要是像我們這樣的小孩是超級英雄呢？真正的超級英雄。」他說。

阿莫瑞講話的速度很快，他翻著漫畫書時，其他男生都猛點頭。

「像埃斯特班，他是多明尼加超人。我們還有邁爾斯．莫拉雷斯，他是波多黎各蜘蛛人，所以提亞哥就是這個角色。至於艾胥頓呢──那個超級英雄的爸爸在超市工作呢。還有我──沒辦法玩槍，所以得找到其他方法來進行毀滅任務！」阿莫瑞說。

阿莫瑞看著我。「海莉，我也有把妳放進去喔，她是跟叔叔一起住的超級英雄女孩。」

「還有妳，荷莉。妳的富有就是妳的超級力量。」

我等著荷莉對阿莫瑞說她有錢這件事生氣，可是她沒有，她甚至還露出了微笑。「我接受，」她說：「記得幫我配一件好看的斗篷。」

我們後來一定很快就離開教室了，因為我記得我們全部一起沿著穿堂走到校園裡。我們走得很慢，而且一直在講話。

36

「妳覺得妳的超級力量是什麼？」等琪拉接我們回家的時候，荷莉開口問我。有人在學校圍籬外畫了跳格子，她開始沿著數字往上跳，然後再跳下來。

我也在想這個問題，想著哪個超級英雄的爸爸在監獄裡。

「我不知道，妳呢？」我說。

「我想要有超級專注力、超級靜止不動，我想像雕像那樣坐著好幾個小時，還要像一塊海綿，任何人跟我說的話都能馬上吸收，這樣我就會是全宇宙最聰明的人。」

「可是妳已經很聰明啦，荷莉。雖然妳沒辦法坐著不動。」

「想像一下嘛，假如我可以，那我就能更聰明了！我很可能十三歲就可以高中畢業了。」

「那妳就不會跟我一起上學了。」我說。

「對耶，妳說得對。那我希望我們兩個有同樣的超級力量。」

「我可能會想要飛行能力。」我說。

「我也是，那很普通，每個人都想要飛。還有呢？」她說。

我想起爸爸，在我的腦袋裡有個對他生氣的房間，有時候我會打開那扇門，然後那些事會讓我難過到癱坐著好幾個小時，盯著什麼也沒有的虛無。在那樣的日子裡，拉雯老師還有叔叔，甚至就連荷莉都會讓我獨自一個人。那些日子充滿灰暗的光和又冷又潮溼的空氣，那個房間讓我意識到我沒辦法原諒爸爸。

「我覺得，」我緩慢的說：「我覺得我想要忘記。」

荷莉停止跳躍。

「忘記什麼？」

「妳知道的，忘記我媽和我爸發生的事。我要想像我一直有爸爸，想像我從來沒有媽媽。」

「可是妳的確有媽媽啊。」

「我知道。」

「妳想忘掉對她僅有的一點認識嗎？」荷莉皺起眉頭，一臉疑惑。

「不是那樣，只是我不想要在想到這一切時覺得傷心又生氣，我只想去想好的事情。」

「那妳需要的是原諒，不是遺忘。」荷莉說。

原諒，我想，我要原諒。站在那裡的時候，我明白了我的第一步是要去原諒爸爸。不是忘記，而是原諒。

荷莉又開始跳格子的時候，琪拉的車正好停到了路邊。

37

「看看這個。」星期一早上，阿莫瑞這樣跟我們說。在開始上課前，我們一起待在校園裡，這天出奇的溫暖。阿莫瑞打開他的畫冊，慢慢的翻頁，我們都靠過去看。我們都在裡面耶！在每一頁。提亞哥從手裡把蜘蛛網射向建築物、廂型車和車輛。埃斯特班飛越一片海洋，而且在他底下很遠的地方，有個身上穿了寫著爹地字樣T恤的小人一次又一次的出現。荷莉是住在一棟豪華大樓裡的貓女，她穿的球鞋幾乎比她身體的其他部位還要大，我們看了全都大笑出聲。等阿莫瑞翻到另一頁時，我就在那裡——我的頭髮是混亂又彎曲的紅色纜線，好像會釋放出電力。

「太酷了。」艾胥頓說。

「感覺就像我一直都有超能力耶，」我說：「我生下來就是紅頭髮呀。」

「對呀，」阿莫瑞抬頭看著我，露出微笑，「那就是很酷的地方，有各種方式可以得到妳的超能力。像超人是生下來就有超能力，至於蜘蛛人嘛——他得到力量的方式有點像是悲劇，對吧？可是後來變成一件好事，就是這樣。」

❂

那天晚上，我在等叔叔來跟我道晚安的時候，想起了阿莫瑞的圖畫。我的頭髮看起來是那麼的亮麗，裡頭還蘊含了超級力量。我還想起媽媽和爸爸，悲劇很奇怪，會奪走但也能給予。我無法想像沒有叔叔的人生，他的大笑、他的故事、他看待世界的方式。不過，在我看到阿莫瑞的畫以前，我從來沒有真的想過我頭髮的事。我的爸爸和媽媽，他們兩個人的力量藉由我在頭髮上流竄。還有他們爸爸媽媽的力量，還有他們爸爸媽媽的爸爸媽媽的力量。我的a和

b，還有c和d，就像荷莉說的。我露出了微笑。媽媽雖然不在了，可是她依然存在於我的身體裡，那就是我頭髮的超能力。

「妳準備好了嗎？」叔叔問。他站在走廊握著吉他，在爸爸進監獄以前，他們會一起玩音樂，那時爸爸彈鋼琴，叔叔彈吉他。那是跟山和雲還有彩虹有關的瘋腳歌曲，叔叔說。後來爸爸離開，叔叔開始寫自己的曲子，在他的歌裡講故事。有時候他會為我演奏，我喜歡在叔叔吉他安靜的哼唱和輕柔的歌聲中進入夢鄉，那些音符都顫抖著。

叔叔經歷了一切，車禍、爸爸被帶走、他突然不只是我的叔叔，也是我的爸爸和媽媽，他是我的超級英雄。

「好了。」我說。我想告訴他那一天發生的事，可是我只是拉上棉被，露出微笑。叔叔坐在我床腳邊的小椅子上，開始彈吉他。

38

我們在復活節假期過後回到學校上課，那時埃斯特班已經離開了。

「他去哪裡了？」我們問拉雯老師。

「回多明尼加的家，他們一家人是星期天離開的。」

「可是他沒有告訴我們。」我們說。

「因為他不知道呀，」拉雯老師說：「我很抱歉。我們今天只做想做的事情就好了。我知道你們全都會非常想念他。」阿莫瑞看著自己的畫。提亞哥把頭靠在桌上。過了一會兒，我聽見小小的啜泣聲。艾胥頓盯著窗外。太陽好亮，建築物尖銳得像是可以割傷人。荷莉站起來在教室走來走去，她從架子上把書抽出來，然後又放回去。過了幾分鐘後，她回到自己的座位，拿出毛線，然後又把毛線放回去。接著她又再次拿出毛線開始編織，她的棒針碰在一起，發出喀嚓喀嚓的聲音。

我拿出錄音筆，把音量調小，然後播放埃斯特班念給我們聽的最後一首詩，他甜美的聲音填滿了這間教室。

當他的失蹤讓他感覺自己就要被粉碎，
告訴他，不會發生這種事，
告訴他，他是用鋼鐵鑄成，
源自他生而為人且努力工作、懷抱夢想的
祖父母以及他們的祖父母。
告訴他，他要緊握夢想，
因為他的祖母和祖母的祖母

依舊相信夢想的力量。
告訴他，他就是他們的夢想，
他是我的夢想，
也是先祖們實現的夢想。
比我們早來的人們，
我們是他們成真的美夢。
當他問起，告訴他我一切安好。
告訴他，我是自由的。
告訴他，山峰連綿不斷，
而在山脈停止的地方，杜阿疊峰指向天際
一如說故事給神聽的雙唇。
或許這座山吟唱著破碎的誓言與家庭，
或許它的身體懷抱著一個記憶中的美夢。

告訴他，要在體內保有所有良善的記憶——
擁抱、朋友、歡笑。
明天不會帶來承諾，
可是現在不是屬於眼淚的時刻。

39

到了六月，就在學年要結束以前，我們最後一次在沒事教室碰面。

阿莫瑞說：「我會想念大家的。」

「我也是。」提亞哥說。

「我也一樣，」艾胥頓回答：「你們太棒了。」

教室裡的氣氛就像埃斯特班也會接著說「我也是」那樣。我們把他的座位留在原處，把他坐過的抱枕留在窗臺，感覺就像這間教室裡有個鬼魂，就像他依然和我們在一起，跟我們說他的爹地、棒球季，還有詩。

「我也是。」我說話的時候看著他空蕩蕩的座位。我希望他在多明尼加共和國。我希望他和爹地在傳接棒球，在海裡游泳。我希望他們一家人團聚在一起，安全又快樂。

荷莉依序看著我們。「現在只是夏天，各位。我們九月又會聚在一起，這又不是永遠分開。」

「沒錯，可是不會像現在一樣，我們不會和妳還有海莉在一起，這裡也不會是沒事教室了。」艾胥頓說。

「對呀，可是別忘了我們的約定。從現在開始的二十年後，我們每天都向那一天更靠近一點，對吧？」阿莫瑞說。

「對，等我們全都回到這裡見面時，已經年老、頭髮灰白，還會發抖。」荷莉說。

「我才不會又老又發抖咧，」阿莫瑞說：「也許妳會，可是我不會。」

「你已經又老又發抖了。」荷莉說。

我們爆出大笑——就連阿莫瑞也一樣。

「記得拉雯老師第一次帶我們來這裡的時候，我們有多怕嗎？」荷莉說。

「對呀，我討厭這間教室，」阿莫瑞說：「這裡讓人感覺好喪氣，櫃子上還掛著那張傷心的圖畫。」

我們看著那張小孩畫的太陽，那張畫現在對我們來說就跟時間一樣熟悉，是某個看得見、卻沒有真正看見的東西。它很美。

「而且我們以前也不認識彼此，我們的反應全都是『這到底是什麼東西』？」提亞哥說。

「以前是那樣，」我說：「我們怕得要死的東西，只不過是我們大家待在一起。」

「說得對，」提亞哥對我微笑，他的眼鏡閃爍著光芒。在他的眼鏡後頭，我看見他的眼睛有多麼漂亮。「這太瘋狂了吧？」

「還有埃斯特班，」艾胥頓輕柔的說：「埃斯特班也在這裡，我永遠也不會忘記埃斯特班。」

我們全都安靜下來。

「他有些部分還留在這裡。」荷莉說。

「沒錯，那是真的。」阿莫瑞說。

「對啊。」我們說。

「我們還有他的聲音和他爸爸的詩，他把那些留給我們了，讓我們永遠保管。」我說。

阿莫瑞打開他的畫冊，快速翻過紙頁，直到他翻到一張用色非常明亮的圖畫為止。

「那是我們，」他說：「那是一個港灣。」他很小心的把畫從他的本子裡撕下來，然後什麼話也沒說，就直接走到那幅太陽的圖畫旁，拿下旁邊的一個圖釘，把他的畫釘在旁邊。

我們全都盯著他的畫看。那是我們，就跟太陽的圖畫一樣，這幅畫也很美。

40

現在光線改變了，天堂樹變成薄暮裡的一道陰影。我關掉錄音筆坐在床上，可以聽見走廊天花板上的風扇輕柔的咻咻作響。外面的街道上，孩子們在玩抓人的遊戲，大喊著「不對、不對」！然後一個女人的聲音打斷了這一切，她在呼喚某人回家吃晚餐。

我站起來走向樓梯，可是在樓梯最上方的臺階上坐了下來，看著爸爸坐在鋼琴前，手指從琴鍵上抬起，然後又把它們往下壓。他的手指修長、白皙又纖細，我以前從來沒有真的留意過他的手。它們在琴鍵上移動，彈奏出如此甜美的音樂。我想要跑下樓擁抱他，告訴他我在沒事教室度過的這一年，還有他在監獄時錯過的那些歲月。

我想要問他，他在我這個年紀的時候有沒有好朋友？那種約定二十年後要再見面的朋友。

可是我只是盯著他彈琴的背影。他此刻身處在其他地方，他和我媽在另一個夢裡，一個不在這裡的夢，在此刻之前的時間，是這個故事之前的故事。

叔叔很快就會打包完畢，他會下樓，用吉他加入爸爸的演奏。也許他們會要我唱歌，我的聲音很高又會走音，他們會笑說怎麼音樂基因正好跳過了我。

就讀五年級的時候，我不知道時間可以過得這麼快。怎麼能在某一天醒來的時候，周圍的一切就永遠改變了。那時候我不知道有一天，我們會有一個老師說：「帶著你們的書，今天不會再回這間教室了。」然後我們就此走出熟悉的生命，我們轉頭看著她，臉上帶著許多疑問和恐懼。

「爸。」聽到我的呼喚，爸爸的視線從鋼琴上轉過來看我。

「彈《夏日時光》。」

有那麼一分鐘，爸爸看起來很疑惑，然後他的表情柔和下來，變得溫暖而熟悉。那是我這輩子最初就熟知的表情，那時我還是小女孩，被他拋向空中發出大笑和尖叫，感覺既害怕又興奮。

我五年級的時候，我不曉得不熟悉的事物也很美麗、有趣，也會令人心碎又艱難。那可能是阿莫瑞叫我小紅，可能是提亞哥眼鏡上反射的光，可能是埃斯特班坐在窗邊，陽光環繞在他身上的剪影，可能是詩、圖畫和許多問題，以及許多答案。

我走下樓梯，坐在爸爸身旁的長凳上。他的手指修長又蒼白，越過琴鍵伸來。他露出微笑，彎腰親吻我的頭頂，《夏日時光》的音符便從鋼琴上揚起。

「這一刻我想了一千次。」他說。

我以前不曉得幾乎不認識的人居然可以變成彼此守護的朋友，而你從來不曉得自己擁有的夢想——竟然可以成真。我不曉得超級力量可以從悲劇裡誕生，而幾乎空盪盪的教室裡，駐留著完美的時刻。

「我也是。」我把頭枕在他的手臂上，當音樂環繞著我們，叔叔停下打包的動作，用吉他加入我們。我們一同唱起那首歌，彷彿我們早就唱過一遍又一遍。現在我可以確定，這是眾多故事當中，其中一則故事的結局。

而且也是一個開始。

致謝

在我們國家如此瘋狂的時刻，我很感謝所有幫助我寫作的人們。你們全都知道自己是誰，所以我就不在這裡一一列出姓名了。我要說的是：我們每天都要守護彼此，就算對方是陌生人也不例外。

賈桂琳・伍德生

名家賞析

星期五的沒事教室——守護你我的地方

文／吳在媖（兒童文學作家）

拉雯老師說，每天都該問問自己「如果世界上最糟糕的事情發生了，我會幫忙守護其他人嗎？我會成為另一個需要庇護的人的港灣嗎？」這句話，呼應了這本書的英文書名——*Harbor Me*。

每星期五的下午兩點到三點，六位特殊的孩子——埃斯特班、提亞哥、荷莉、阿莫瑞、艾胥頓、海莉，齊聚在501教室，沒有大人在旁，一個小時內，什麼話都可以說，沒有人會評論，想做什麼都可以。因此有了這本書的中文書名——《星期五的沒事教室》。

星期五的501教室，裡面沒有大人。

星期五的501教室，六位十一、十二歲心裡有傷的少年與少女。

星期五的501教室，拉雯老師說：「我不會聽你們對彼此說的話，這是你們的時間、你們的世界、你們的空間。」

孩子，可以有完全的自由嗎？

每一位孩子，成長的過程，幾乎全天都在老師或家人的眼皮子底下。

這裡是美國耶，應該是自由的土地吧，可是我們自由嗎？才怪，我們走到哪裡都踩到規則。不准跑、不准罵、不准玩、不准大吼大叫、不准熬夜……大人才是自由的人……

特殊的孩子，六位。

有人願意給他們完全的自由嗎？

要完全信任，才可能放手。

這群少年與少女有的是非法移民、有的是原住民、有的困在種族歧視跟霸凌裡、有的父親在監獄、有的失去父母親……他們其實還年輕，卻要學著接受，事情可能在一分鐘內發生變化——當你正在桌上擺放餐盤時，電話響起，帶來了壞消息。

對他們來說，被批評、責罵跟排擠都是日常，每天占據心頭的，常常是恐懼、煩惱、憤怒與憂傷。在學校，每天都像在參加一場節節敗退的比賽，假裝不在意自己的學業成績，但其實很在意。在一般教室裡，打開書，可是不曉得有沒有人能讀進一個字。

星期五的501教室，一開始，他們是抗拒、不知所措的。靠自己慢慢摸索，呼吸著501教室安全的氣息，漲滿的情緒與傷痛，才逐漸流淌出來……

星期五的501教室，六位躲在自己心裡房間的孩子們，嘗試對彼此伸出一點點觸手。星期五的501教室，六位孩子們，傾聽彼此不想跟外人說的故事，默默守護彼此的傷口。當你說故事的時候，就像在釋放你體內所有的恐懼。說吧，說吧，就在星期五的501教室。

本書作者賈桂琳・伍德生藉這本書寫出了美國的社會現象，也寫出了孩子潛藏的心聲，一個個在星期五的501教室說出了自己的故事，這些故事將501教室變成一個錨，定住了六位孩子們的心，讓他們勇敢面對外界的挑戰。

星期五的501教室，是支持，是歸屬，也是希望。因為你的故事，我感覺到一些希望。真實人生故事一個一個被揭露，被聆聽，座位的圓圈慢慢變小，椅子比以前靠得更近，孩子們逐漸展露微笑。

在這個對孩子們來說還不太了解，卻要每天面對的世界裡，星期五的501教室，是他們合力創造出來的避風港，能夠如此，都是藉著孩子自己的力量。

相信孩子的力量，給他們更多的自由吧！這幾年我倡導「99少年讀書會」，核心宗旨就是給孩子自由選書、自由討論的空間與權利，大人不干涉，讓孩子們自己做主。現在全省五十個以上的少年讀書會，孩子們用他們的參與，一再證明——大人的介入真的沒必要。

邀請您一起來閱讀這本書，看見少年們的力量。

名家賞析

將每一個故事刻印在自己心上

文／黃筱茵（本書譯者）

故事、故事、故事……每個人都帶著自己的故事行走，可是有多少故事真的被聽見？翻譯《星期五的沒事教室》對我來說，是一段將埋藏的故事從角色的心底翻找出來，努力傾聽，然後把每一個人的故事刻印在自己心上的過程。非常安靜，因為需要用力聆聽；也非常喧囂，因為我明白故事之後，還有故事……

安徒生大獎得主賈桂琳．伍德生用這部細膩如詩、目光清明的小說，訴說夾繞在美國歷史與文化地層中的不公與矛盾，還有每個人的生命中，想要被聽見的聲音。故事的結構看似簡單，觸及的議題卻相當廣泛：美國夢畫出的夢幻泡泡，對有些人而言是不是可見卻不可及呢？嚮往一個人人都可以發聲的世界，是不切實際的渴望嗎？故事快樂的結局啊，真的存在嗎？

在小說裡，包括敘事者海莉在內的六名十二歲學生，一起被分到拉雯老師的班上，在老師指定的星期五下午一個小時的時間內，聚在由舊美術教室改成的501教室，使六個人的生命深刻的交會。在一般的眼光下，他們是有學習障礙的學生。可是六個孩子由面面相覷到交付彼此心事的過程，實踐了在不同小說中追求對話與理解的作者，希冀能找到的某種真正的傾聽與理解。

海莉在沒事教室用錄音筆錄下每一個人深藏心底的故事。他們來自不同的背景與家庭，有來自多明尼加的移民，有從外州搬來布魯克林的波多黎各孩子，家境、國籍上有著明顯的差異，卻都在「沒事教室」這個只專屬於他們六個人的空間與時間裡，學習到各自生命中重要的事。

爸爸在年幼時就因故入監服刑的海莉，作為故事的敘事者，自己就面臨一段困難的從壓抑到接納與說出的過程。在逐漸鬆開心防的歷程裡，海莉常思索自己與其他人腦袋裡上鎖的房間究竟都放了些什麼。她學著觀察自己，也竭力理解他人。這樣的經歷儘管非常艱辛，卻是每個人必須盡力面對的功課。

小說的原名*Harbor Me*，若直譯成中文是「守護我」的意思。作者藉由角色們曲折的心事，以及欲言又止、最後終於道出的話，反覆探問的，是作為理解彼此的命運共同體，我們是不是願意真心守護彼此？當歷史總為了各種政治正確的因素而埋藏從前發生過的人與事，甚至壓制各種亟欲說出的細小聲音，我們願不願意用誠實真摯的心傾聽，守護這種種被壓迫的、不同於主流或大眾的，或是自成一章的生命故事？你，願意原諒，並且繼續細聽與你並肩而行，或擦身而過的每個聲音嗎？

名家賞析

族裔故事的重量

文／葛容均（臺東大學兒童文學研究所助理教授）

繼《其實我不想說》、《棕色女孩夢》等諸多作品後[1]，獲獎無數的非裔美籍作家賈桂琳．伍德生於二〇一八年再度為**兒少與世界**出版了一部動人的作品。不論是撼動人心的原文書名*Harbor Me*，又或是惹人好奇且閱讀過後耐人

1 除了兒少小說，伍德生也創作圖畫書、詩集與成人文學。而榮獲多個獎項的《棕色女孩夢》（*Brown Girl Dreaming*, 2014）便是伍德生用韻文體訴說自己作為非裔美籍於一九六〇與一九七〇年代的成長經驗。本文中關於伍德生及其作品的資訊，皆出自作家官方網站：Jacqueline Woodson，https://www.jacquelinewoodson.com/，擷取日期：2020/11/24。

尋味的中譯書名《星期五的沒事教室》，伍德生在這部作品中，再次展現她一貫細膩的敘事風格，以及對於重要議題的深度探索與檢視。[2]這回，伍德生構想了一組六位國小高年級生，被學校實驗性的安排於每週五下午帶至「美術教室」（實為the ARTT Room，即A Room to Talk之縮寫），讓他們在沒有成人監聽或在場的前提下，各自述說他們的心事。

孩子們真是心事重重啊！在這部作品中，有來自多明尼加共和國的埃斯特班，時刻擔心並牽掛著因非法入境而遭逮捕入獄的父親；來自波多黎各的提亞哥歷經與媽媽走在街上使用西班牙語交談卻被「美國人」怒斥「這裡是美國，講英文」的遭遇；因身為「富家女」的荷莉而承受排富之意識形態上的排擠（亦為一種霸凌）；向來喜愛饒舌的阿莫瑞傾訴因「長大了」不僅無法再如年幼時毫無顧忌的投入父親懷抱，且因其非裔美籍的身分，而被顧忌族裔關係之緊張敏感的父親告誡不許再玩玩具槍的成長心聲；身為白人小孩置身於多數為黑人之環境地盤而遭霸凌的艾胥頓；當然，還有紅髮褐膚的主角海莉，終究須得面對其混血之裔的身分並學習諒解父親因酒駕而導致車禍的生命故事等等。

伍德生於這部藉由多元兒童視角並以兒童本位進而發聲的作品，再次揭露美國非但難以成就「文化大熔爐（the Great Melting Pot）」，就連作為族裔「沙拉盤（Salad Plate）」，其箇中滋味亦是難以吞嚥。伍德生從未想要孩子們——以及成人端——毫無自覺的吞嚥這盤難吃的沙拉！而這部作品生動細膩的彰顯兒童同樣有話要說，孩子們亦有話語權，成人們應當多加聆聽孩子們的心聲，感同身受的體驗他們的境遇，尤甚者，了解孩子們心目中的「理想國」。那個理想國度，不論在當代的世界何處，都應是**真正自由**的，一首詩能夠容納不同

2 伍德生作品中的重要議題當首推身為非裔美籍之兒少與成人的經歷和體驗，其中包括種族歧視、跨族裔戀情、友情、家庭關係（含親子與手足關係）等。伍德生於官網上宣稱，《藍色山丘上的麥松》（*Maizon at Blue Hill*）是她第一部真正處理種族歧視議題的作品。關於麥松這名非裔美籍小女孩的故事共計三冊，分別為：《麥松的上個暑假》（*Last Summer with Maizon*, 1990）、《藍色山丘上的麥松》（*Maizon at Blue Hill*, 1992）、《麥松與帕爾梅洛》（*Between Maizon and Palmetto*, 1993）。

語言的書寫及朗誦，歷史與族裔根源不該被遺忘，兒童可以關起門來，不受成人的監聽與監控，敞開胸懷分享彼此的生命故事。

然而，族裔的多元包容真是容易被說得輕巧，甚至成為自欺欺人的國家口號。二〇二〇年五月二十五日發生在美國、發酵於全球的「佛洛伊德（George Floyd）之死」抗議活動，足以讓我們熱愛、誓死也要守護的臺灣從中取鏡。究竟是為什麼讓「省籍情結」在臺灣從來就無法成為「過去式」？臺灣也有臺灣自身的歷史傷疤，這些傷痛究竟要到何時且以怎樣的方式才能夠癒合？我們亦有移民與移工的事實，但平心而論，臺灣人民是如何看待、對待移工和所謂的新住民以及他們的子女？他們又是如何看待自己？倘若臺灣也施行「星期五的沒事教室」，我們會聽見什麼樣的兒童心事與心聲？

筆者由衷慶幸小麥田出版社為臺灣大小讀者引進並翻譯了這部作品，並真心期盼臺灣作家、教育體制，甚至臺灣社會也能夠打造出屬於我們自己的「星期五的沒事教室」，這將會是個挺好的開始！

名家讚譽

讀完了《星期五的沒事教室》，非常喜愛，也非常感動，讀完的當下並沒有將書闔上，因為我又再重複讀了兩次！許多扣人心弦的橋段，很深刻，那的確都是青少年獨有的態度和反應；從一個沒事教室裡醞釀的每段生命故事，都是直指自我的核心價值。文本裡頭的孩子都是我們會遇見的少男少女，因此能夠推薦「他們」的故事，我感到無比榮幸！

——陳家盈（翻轉讀書繪文學工作坊負責人）

看這本書像喝酒般，情感面慢慢醞釀散發，後勁真的很強。

這故事發生在美國，這是一個讓人覺得可以翻轉人生，可以實現夢想的國家。但這塊土地跟世界的許多角落一樣，幾乎都上演相同的問題——非法入境、種族歧視、霸凌、學習不順、親人入獄……

拉雯老師的班上有幾位學生，分別遇到上述困境，拉雯老師非常有智慧與勇氣，她知道若讓成人來主導整個輔導的歷程，學生未必全然卸下心防，輔導成效有限，她大膽的設立「星期五的沒事教室」，讓孩子自己來走出心理焦慮與不平衡的危機。在這間教室，沒看到學生共同產生憤世嫉俗的自毀效應，卻往正向的大道走，這跟孩子訴說的話題十足有關，孩子們到底在這間讓人安心的教室說了什麼？有哪些觸動人心的話呢？你一定要看……

——謝春貞（土城國小教師、教育部閱讀推手）

伍德生在這部動人的小說中，讚揚對人類有益且不可或缺的價值，包括：同情、理解、安全和自由。作為詩人和說故事大師，伍德生用精鍊的語言表達了書中角色的情感，並深入探詢他們的內心世界。這本小說展現了政治和社會議題如何影響兒童的日常生活，將在讀者心中留下難以忘懷的印記。

——《出版者週刊》星級評論

伍德生講述了一個團體共同成長的強大故事。書中角色建立關係的過程顯而易見——他們非常誠實的討論個人和全球性議題。這本書用精巧的文字和清晰的敘事，講述一個令人傷心又充滿希望的故事。一部不同凡響且正逢其時的作品。

——《柯克斯書評》星級評論

這本書有神奇的魔法，為新聞事件添加詩意和回憶，使它們變得更加栩栩如生，並藉由理解和愛來減輕書中角色的創傷。海莉的成長歷程交織在整本書中，吸引著讀者的關注。隨著這些孩子逐漸成為彼此的避風港，作者巧妙的告訴讀者，如何找到人與人之間所需的牽繫。

——《書單雜誌》星級評論

伍德生以公平、家庭、友誼和勇氣作為故事主軸，用悠然感性的文筆和回憶的散文敘事講述這個故事。這本精采的小說出版得正是時候，每個圖書館的書架上都該有一本。

——《學校圖書館雜誌》星級書評

小麥田

故事館 90

星期五的沒事教室
Harbor Me

作　　者　賈桂琳・伍德生（Jacqueline Woodson）
譯　　者　黃筱茵
封面插圖　六十九
封面設計　謝捲子
內頁編排　張彩梅
編輯協力　葉依慈
責任編輯　汪郁潔

國際版權　吳玲緯
行　　銷　闕志勳　吳宇軒　陳欣岑
業　　務　李再星　陳紫晴　陳美燕　葉晉源
副總編輯　巫維珍
編輯總監　劉麗真
總 經 理　陳逸瑛
發 行 人　凃玉雲
出　　版　小麥田出版
10483台北市中山區民生東路二段141號5樓
電話：(02)2500-7696　傳真：(02)2500-1967
發　　行　英屬蓋曼群島商家庭傳媒股份有限公司
城邦分公司
10483台北市中山區民生東路二段141號11樓
網址：http://www.cite.com.tw
客服專線：(02)2500-7718｜2500-7719
24小時傳真專線：(02)2500-1990｜2500-1991
服務時間：週一至週五09:30-12:00｜13:30-17:00
劃撥帳號：19863813　戶名：書虫股份有限公司
讀者服務信箱：service@readingclub.com.tw
香港發行所　城邦（香港）出版集團有限公司
香港灣仔駱克道193號東超商業中心1/F
電話：852-2508 6231　傳真：852-2578 9337
馬新發行所　城邦（馬新）出版集團 Cite (M) Sdn Bhd.
41-3, Jalan Radin Anum, Bandar Baru Sri Petaling,
57000 Kuala Lumpur, Malaysia.
電話：+6(03) 9056 3833　傳真：+6(03) 9057 6622
讀者服務信箱：services@cite.my
麥田部落格　http://ryefield.pixnet.net
印　　刷　前進科技股份有限公司
初　　版　2021年1月
初版六刷　2022年12月
售　　價　320元
版權所有・翻印必究
ISBN 978-957-8544-46-8
Printed in Taiwan.
本書若有缺頁、破損、裝訂錯誤，請寄回更換。

HARBOR ME © Jacqueline Woodson, 2018
Complex Chinese translation © 2021 by Rye Field Publications, a division of Cite Publishing Ltd.
This edition is published by arrangement with William Morris Endeavor Entertainment, LLC. through Andrew Nurnberg Associates International Limited.
All Rights Reserved.

國家圖書館出版品預行編目資料

星期五的沒事教室／賈桂琳・伍德生(Jacqueline Woodson) 作；黃筱茵譯. -- 初版. -- 臺北市：小麥田出版：英屬蓋曼群島商家庭傳媒股份有限公司城邦分公司發行, 2021.01
面；　公分. --（小麥田故事館；90）
譯自：Harbor me
ISBN 978-957-8544-46-8（平裝）

874.596　　109018546

城邦讀書花園
www.cite.com.tw
書店網址：www.cite.com.tw